Sherlock Holmes

1

A Study in Scarlet

셜록 홈즈 전집 1
주홍색 연구

초판 1쇄 펴냄 2012년 7월 10일
개정판 4쇄 펴냄 2020년 5월 25일

지은이　　아서 코난 도일
옮긴이　　바른번역
감수　　　박광규
펴낸이　　하진석
펴낸곳　　코너스톤
주소　　　서울시 마포구 독막로3길 51
전화　　　02-518-3919
ISBN　　　979-11-956573-1-5　04840

셜록 홈즈
전집

1

Sherlock   Holmes

주홍색 연구

아서 코난 도일 지음
바른번역 옮김 박광규 감수

코너스톤
Cornerstone

Contents

제1부

육군 군의관 출신
존 H. 왓슨 박사의 회고록 재판

1 - 셜록 홈즈라는 사나이 • 009

2 - 추리 과학의 세계 • 022

3 - 로리스턴 가든 미스터리 • 037

4 - 존 랜스의 증언 • 056

5 - 광고를 보고 온 손님 • 067

6 - 토바이어스 그레그슨의 활약 • 078

7 - 어둠 속의 빛 • 094

제2부

성도들의 나라

1 - 알칼리 대평원에서 • 111

2 - 유타 주의 꽃 • 127

3 - 존 페리어와 예언자의 대담 • 138

4 - 필사의 탈출 • 146

5 - 복수의 정령 • 161

6 - 존 H. 왓슨 박사의 계속되는 회상 • 174

7 - 결말 • 192

제1부

육군 군의관 출신
존 H. 왓슨 박사의 회고록 재판

A Study in Scarlet

Sherlock
Holmes

1
셜록 홈즈라는 사나이

1878년 런던 대학에서 의학 박사 학위를 받은 나는 군의관 과정을 밟기 위해 네틀리로 갔다. 그곳에서 규정된 교육을 마친 후 노섬벌랜드 제5 퓨질리어 보병 연대의 부군의관으로 정식 임명되었다. 내가 현지에 도착하기 전, 제2차 영국-아프가니스탄 전쟁이 발발하는 바람에 당시 인도에 주둔하고 있던 이 연대는 적진 깊숙이 공격해 들어간 상태였다. 봄베이 항구에 도착하자마자 그 사실을 알게 된 나는 같은 처지의 장교들과 함께 길을 재촉하여 무사히 칸다하르에 도착했고, 내 연대를 만나 새로운 임무를 맡게 되었다.

이 전쟁으로 많은 사람이 승진을 하고 명예를 얻었지만, 나는 연거푸 재난과 마주쳐야 했다. 나는 연대에서 전출되어 버크셔 연대로 배속되었고, 이후 운명이 걸린 마이완드 전투에 참전했다. 그 전투에서 탄환이 어깨를 관통해 뼈가 으스러지고 동맥까지 다치는 치명적인 부상을 입었다. 전령을 맡고 있던 부하, 머리의 헌신과 용기가 없었다면 나는 잔인한 적의 수

중에 사로잡혔을 게 분명했다. 머리는 나를 짐말에 싣고 무사히 영국군 진지까지 데려왔다.

나는 오래도록 고통에 시달리는 바람에 몸이 약해진 상태였고, 수많은 부상병과 함께 페샤와르에 있는 후방 병원으로 보내졌다. 그곳에서 치료를 받은 뒤 병원 안을 걸어 다니고 베란다에 나가 일광욕도 할 정도로 회복되었는데, 운수 사납게도 이번에는 인도의 저주받을 병인 장티푸스에 걸리고 말았다. 그로부터 몇 달 동안 사경을 헤매다가 가까스로 의식을 찾은 나는 조금씩 건강을 회복하기 시작했다. 그러나 너무나도 쇠약해진 탓에 의무대에서는 하루라도 속히 나를 영국으로 송환하기로 결정했다. 수송선 오론테스호에 실린 나는 한 달간의 항해 끝에 포츠머스 항구에 도착했다. 내 몸은 돌이킬 수 없을 만큼 망가져 있었고, 정부의 허가를 받아 9개월 동안 요양할 수 있었다.

영국에는 가족이나 친척이 없었기에 나는 자유로운 몸이었다. 아니, 정확히 말하면 하루에 11실링 6펜스의 수입만큼만 자유로울 수 있었다. 이런 상황에서 나는 영국 제국의 모든 한량과 게으름뱅이들을 마구 빨아들이는 거대한 하수구와 같은 런던에 자연스럽게 이끌렸다. 얼마 동안은 런던 스트랜드에 있는 호텔에 짐을 풀고 하루하루 방탕하게 돈을 쓰며 지루하고 의미 없는 나날을 보냈다. 이내 주머니가 가벼워졌음을 자각한 나는 이 대도시를 떠나 시골로 갈 것인지, 아니면 무의미하고도 방탕한 생활 방식을 바꿀 것인지 선택해야 했다. 후자를 선택한 나는 호텔을 떠나 좀 더 소박하고 싼 곳으로 거처를 옮기기로 했다.

호텔을 떠나기로 결심한 바로 그날, 크라이티어리언 바에서 있던 내 어깨를 누군가가 두드렸다. 세인트 바솔로뮤 병원에 근무할 때 내 수술 조수였던 스탬퍼드라는 청년이었다. 넓은 런던 시내 한복판에서 아는 사람과 마주치는 것은, 외로운 사람에겐 여간 반가운 일이 아닐 수 없다. 예전엔 스탬퍼드와 친한 사이가 아니었지만, 지금은 말할 수 없는 반가움으로 그를 맞을 수밖에 없었다. 스탬퍼드 역시 즐거운 표정으로 나를 맞이했다. 넘치는 기쁨을 주체하지 못한 나는 그에게 홀번 레스토랑에서 점심 식사를 하자고 제안했고, 함께 핸섬 마차(바퀴가 커서 주로 영업용으로 쓰였으며 말 한 마리가 끄는 2인승 이륜마차—옮긴이)를 타고 이동했다.

"왓슨 선생님, 요즘 무슨 일이라도 있으십니까? 몸은 수수깡처럼 바짝 마른 데다가 얼굴이며 손은 까맣게 탔으니 말입

니다." 마차가 런던의 번화가를 달리고 있을 때 스탬퍼드는 자
못 걱정스러운 얼굴로 물었다.

나는 그동안의 사건들을 간단히 들려주려고 했지만, 이야기
가 채 끝나기도 전에 목적지인 식당에 도착했다.

"그것참 안됐군요!" 스탬퍼드는 불운한 내 이야기를 듣고
안타까워하며 말했다. "그래, 지금은 어떻게 지내십니까?"

"하숙집을 찾고 있다네." 내가 대답했다. "적당한 가격에 빌
릴 수 있는 편안한 집 말이야."

"그것참 희한한 일이네요." 그가 말했다. "오늘 제게 그런 말
을 한 사람이 또 있었거든요."

"누가 먼저 그런 말을 했나?" 내가 물었다.

"병원의 화학 실험실에 있는 사람입니다. 좋은 집을 찾아내
긴 했지만, 같이 지낼 사람은 없고, 혼자 살기엔 부담이 커서
고민하고 있더군요."

"이럴 수가!" 나는 큰 소리로 외쳤다. "만일 그 사람이 같이
하숙할 룸메이트를 찾고 있다면, 나보다 더 마땅한 사람이 또
있겠는가? 나도 혼자 살기보다는 말동무라도 있는 편이 백번
낫고 말일세."

스탬퍼드는 약간 묘한 표정을 지으며 와인 잔 너머로 나를
바라보았다. "선생님은 아직 셜록 홈즈라는 사람을 몰라서 그
렇습니다. 함께 살다 보면 아마 넌더리가 날지도 모릅니다."

"뭐 특별히 문제라도 있는 사람인가?"

"아뇨, 나쁜 점이 있다는 건 아닙니다만 단지 좀 유별나서

요. 몇몇 과학 분야에 몰두하고 있는데, 제가 알기로 인간성은 좋은 사람이지요."

"의대생인가?" 내가 물었다.

"아뇨, 무슨 연구를 하고 있는지 저도 알 수가 없습니다. 해부학 지식이 깊고 화학자로서도 일류급이지만, 체계적인 의학 수업을 받은 적은 없다고 알고 있습니다. 일관성 없이 색다른 연구만을 골라 하는데, 교수들도 놀랄 만큼 폭넓은 지식을 갖추고 있답니다."

"뭘 하려는 건지 본인에게 물어본 적은 없나?" 내가 물었다.

"없습니다. 쉽게 속마음을 털어놓는 사람도 아니고요. 하기야 마음만 내킨다면 이야기도 곧잘 합니다만."

"만나보고 싶군." 내가 말했다. "이왕 함께 하숙하려면 학구적이고 조용한 사람이 좋긴 하지. 지금은 소란스러운 분위기를 견딜 만큼 내 몸이 성한 편이 아니거든. 그런 생활은 아프가니스탄에서 질리도록 겪었으니 말이야. 그래, 그 셜록 홈즈라는 사람은 어떻게 만날 수 있나?"

"지금쯤 실험실에 가보면 있을 겁니다." 그가 말했다. "몇 주씩이나 얼굴을 내밀지 않다가도, 한번 나타났다 하면 온종일 처박혀 꼼짝도 안 합니다. 괜찮으시다면 식사 끝내고 가보시죠."

"그렇게 하지." 이 대답 이후, 대화는 다른 쪽으로 흘러갔다.

호번에서 병원으로 가는 동안 스탬퍼드는 나와 같이 하숙하기로 한 셜록 홈즈에 대해 좀 더 자세한 이야기를 해주었다.

"만일 그 사람과 틀어진다 해도 저를 원망하진 말아주십시오." 스탬퍼드가 말했다. "저는 그저 실험실에서 가끔 만나 알고 지내는 사이일 뿐이니까요. 이건 순전히 선생님의 결정이니 제 책임은 아닙니다."

"사이가 안 좋아지면 하숙을 옮기면 그만이지, 그게 뭐가 문제인가?" 나는 스탬퍼드의 얼굴을 유심히 바라보며 말을 이었다. "그런데 자네, 그 친구에 대해 나한테 숨기는 게 있는 것 같은데? 그 친구가 아주 무섭나? 아니면 다른 흠이 있나? 솔직히 말해보게."

"표현할 수 없는 것을 표현하는 게 쉽지 않군요." 스탬퍼드가 웃으며 대답했다. "홈즈는 제가 보기엔 지나치게 과학적이에요. 냉혹할 정도로 말입니다. 그는 최근에 발견된 식물성 알칼로이드를 친구에게 망설임 없이 투여할 수도 있는 사람이죠. 악의가 아닌 단지 효과를 입증하기 위한 탐구 정신으로요. 공정하게 말하면, 그는 자기 자신에게도 그걸 투여할 사람입니다. 홈즈는 정확한 지식에 대한 열정을 지니고 있으니까요."

"그건 좋은 게 아닌가?"

"그렇죠, 하지만 지나칠 때가 있습니다. 해부실에서 시체를 막대기로 두들겨 팬다면 지나친 게 확실하죠."

"해부 시체를 두들겨 팬다고?"

"네, 죽은 후에 얼마나 심한 멍이 생기는지를 확인하기 위해서였죠. 제 두 눈으로 직접 봤습니다."

"하지만 의대생이 아니라고 하지 않았나?"

"네, 아니죠. 홈즈의 연구 목적이 무엇인지는 아무도 모릅니다. 하지만 이제 도착했으니 직접 확인할 수 있으실 겁니다." 스탬퍼드가 말하는 동안 우리는 좁은 길을 지나 그 큰 병원의 부속 건물로 통하는 작은 옆문으로 들어갔다. 나는 병원 내부가 이미 익숙했기에 따로 안내를 받을 필요도 없었다. 우리는 냉기가 도는 돌계단을 올라 긴 복도를 지났다. 복도의 양쪽 벽은 하얗고, 방문은 갈색이었다. 복도 끝엔 낮은 아치형 출입구가 있고, 그 안에 화학 실험실이 있었다.

천장이 높은 실험실 안에는 나란히 서 있거나 어질러진 약병으로 가득했다. 넓고 나지막한 탁자들이 이리저리 흩어져 있었고, 실험대 위에는 증류기와 시험관, 푸른 불꽃이 타오르는 분젠 가스램프 등이 어지럽게 놓여 있었다. 실내에 있는 사람은 학생 한 명뿐이었는데, 안쪽 실험대 앞에서 허리를 구부린 자세로 실험에 몰두하고 있었다. 그러다가 우리의 인기척을 느끼고 뒤를 돌아본 그는 벌떡 일어서며 난데없이 환호성을 질렀다.

"발견했소! 발견했단 말이오!" 스탬퍼드에게 외친 그는 흥분해서 시험관을 들고 우리에게 달려왔다. "오직 헤모글로빈에만 침전되는 시약을 발견해냈단 말이오!" 금광맥을 발견한 것보다도 더 기쁜 얼굴이었다.

"셜록 홈즈 씨, 이쪽은 의사이신 왓슨 선생님입니다." 스탬퍼드가 나를 홈즈에게 소개해주었다.

"반갑습니다." 셜록 홈즈는 다정하게 인사하며 나와 악수를

했다. 생각보다 손아귀 힘이 셌다. "아프가니스탄에서 돌아오신 모양이군요."

"그걸 어떻게 아셨습니까?" 나는 깜짝 놀라며 물었다.

"아니, 별것 아닙니다." 홈즈는 장난스럽게 웃으며 말했다. "그것보다는 헤모글로빈 말입니다. 이 발견의 의미를 아시죠?"

"화학적으로는 재미있는 발견이겠지요." 내가 대답했다. "하지만 실용적으로는…."

"아니, 잠깐, 이건 최근 들어 법의학상 가장 실용적인 발견입니다. 이걸로 핏자국을 정확하게 판별할 수 있으니까요. 자, 이리 와 보세요!" 홈즈는 내 옷소매를 잡아끌어 자신이 작업하던 실험대로 데리고 갔다. "새 피가 필요합니다"라고 말한 그는 송곳으로 자기 손가락을 찔러 나온 피 한 방울을 피펫에 떨어뜨렸다. "자, 이 피 한 방울을 1리터의 물에 넣어보겠습니다. 피를 섞었지만 보기에는 보통 물과 조금도 다를 바 없습니다. 혈액의 비율이 100만 분의 1도 안 될 테니까요. 하지만 이것만으로도 혈액 특유의 반응을 얻어낼 수가 있습니다." 그렇게 말하면서 그는 용기에 흰 결정체를 조금 넣은 뒤 투명한 액체를 몇 방울 떨어뜨렸다. 그러자 순식간에 용기 속의 물은 붉은 적갈색으로 변했고, 유리 용기 밑바닥에 검붉은 침전물이 생겼다.

"하! 하!" 홈즈는 마치 어린아이가 새 장난감을 손에 쥐었을 때처럼 손뼉을 치며 좋아했다. "자, 어떻습니까?"

"무척 정밀한 검사처럼 보이는군요." 내가 말했다.

"아름답습니다! 아름답고말고요! 예전의 유창목 수지 검사는 번거롭기도 하고 불확실했습니다. 현미경 혈구 검사도 그렇고요. 더구나 현미경 검사는 혈액이 묻은 뒤 몇 시간만 지나도 쓸모가 없습니다. 그런데 내 검사법은 혈액이 새것이든 오래된 것이든 동일한 반응을 볼 수 있습니다. 이 검출 방법이 좀 더 일찍 발견되었더라면, 지금 세상에 활보하고 있는 수많은 범죄자는 오래전에 죗값을 치르고 있을 겁니다."

"그렇겠군요." 내가 중얼거렸다.

"범죄 사건에서는 늘 이 점이 문제가 됩니다. 사건이 발생한지 몇 개월이 지난 후 한 남자가 살인 혐의를 받았다고 합시다. 용의자의 이불이나 의류를 조사해보니 갈색의 얼룩이 있습니다. 하지만 그것이 핏자국일까요, 아니면 진흙일까요? 혹은 녹물이나 과즙일까요? 많은 전문가가 늘 이 문제로 골머리를 앓아왔지요. 왜냐고요? 믿을 만한 검사 방법이 없었기 때문입니다. 하지만 셜록 홈즈 검사법이 창안된 이상, 앞으로 어려움은 없을 겁니다."

홈즈는 그렇게 말하며 열기로 달아오른 눈을 반짝였다. 그리고 마치 박수갈채를 요란하게 보내주는 관중에게 답례를 하듯 가슴에 한쪽 손을 대고 정중히 허리를 숙였다.

"축하드릴 일이군요." 나는 홈즈의 흥분된 태도에 놀라면서 말했다.

"작년, 프랑크푸르트에서 폰 비쇼프 사건이 있었습니다. 그

때 이 검사법이 있었다면, 그 녀석은 틀림없이 교수형을 당했을 겁니다. 그 밖에 브래드퍼드의 메이슨과 악명 높았던 뮐러, 몽펠리에의 르페브르, 뉴올리언스의 샘슨도 마찬가지입니다. 이 검사법으로 해결이 가능할 수 있었던 사건은 얼마든지 있습니다."

"홈즈 씨는 걸어 다니는 범죄 사건의 백과사전 같군요." 스탬퍼드가 웃으며 말했다. "이 방면으로 책 한 권 쓰셔도 되겠어요. 《사건 사고 대백과》 같은 제목으로 말입니다."

"흥미로운 책이 되겠군요." 홈즈는 송곳으로 찌른 손가락에 조그만 반창고를 붙이면서 말했다. "이런 작업을 할 때는 신중해야 합니다." 나를 돌아보며 미소를 보낸 그가 말했다. "제가 독극물을 많이 만지기 때문이죠." 홈즈가 손을 펴 보였다. 콩알만 한 반창고가 여기저기 붙어 있었고, 강한 산성 약품 때문에 피부가 변색되어 있었다. "실은 상의할 게 있어 왔습니다." 스탬퍼드가 높은 삼발이 의자에 걸터앉으며 발로 내게도 의자를 밀어주었다. "왓슨 선생님이 하숙을 구하고 있습니다. 분명히 홈즈 씨도 룸메이트를 찾고 있었죠? 그래서 두 분을 만나게 해드리면 좋을 것 같아서요."

홈즈도 나와 함께 방을 쓰는 것이 싫지 않은 눈치였다. "제가 알아본 방은 베이커 스트리트에 있습니다." 그가 말했다. "우리에겐 나무랄 데 없는 하숙방이지요. 혹시 독한 담배 연기를 싫어하는 건 아니시겠죠?"

"괜찮습니다. 저도 독한 십스 담배를 피우니까요." 내가 대답했다.

"그것참 다행이군요. 저는 화학 약품을 집에 두고 수시로 실험을 하는데 괜찮으십니까?"

"상관없습니다."

"어디 보자, 또 나에게 무슨 결점이 있더라? 그래, 저는 가끔 생각에 잠겨 며칠이고 벙어리가 되기도 합니다. 그럴 땐 제가 화난 일이 있어서 그러는 것이 아니니 개의치 마십시오. 내버려두면 곧 괜찮아집니다. 자, 선생님께서는 밝혀둘 일이 없습니까? 한 지붕 밑에서 살려면 미리 서로의 결점을 알고 있는 게 좋을 테니까요."

나는 홈즈의 반대 신문식 화법에 웃으며 말했다. "저는 불도그 한 마리를 기르고 있습니다. 신경이 쇠약해져서 소란스러운 것은 질색이고요. 아침에 일어나는 시간도 일정하지 않거니와, 몹시 게으르지요. 건강할 때는 결점이 더 있었지만, 현재로선 그 정도입니다."

"바이올린 켜는 것도 소란스러운 축에 듭니까?" 홈즈가 걱정스러운 얼굴로 물었다.

"그거야 연주하는 사람에 달렸지요." 내가 말했다. "능숙한 연주라면 신도 귀를 기울이시겠지만, 엉터리라면 글쎄요…."

"그렇다면 안심입니다." 홈즈가 유쾌한 듯 웃었다. "자, 이야기는 다 된 것으로 생각하겠습니다. 물론 방을 보고 마음에 드신다면요."

"집은 언제 보러 갈까요?"

"내일 정오에 이리로 와주시죠. 함께 가서 정합시다." 홈즈가 대답했다.

"좋습니다. 그럼 12시 정각에 뵙죠." 나는 홈즈와 악수를 하며 말했다.

우리는 홈즈가 다시 실험을 할 수 있도록 혼자 남겨두고 호텔로 걸어가기 시작했다.

"그런데…." 나는 문득 걸음을 멈추고 스탬퍼드에게 물었다. "이상하군. 그 양반, 어떻게 내가 아프가니스탄에서 왔다는 걸 알았을까?"

스탬퍼드가 수수께끼 같은 미소를 지으며 말했다. "그것이 바로 그의 유별난 점입니다. 그런 걸 어떻게 알아내는지 궁금해하는 사람들이 꽤 많아요."

"아! 그게 수수께끼다?" 내가 두 손을 비비며 말했다. "그것 참 흥미진진하군. 아무튼 그 친구를 만나게 해줘서 고맙네. '인류의 진정한 연구 대상은 인간이다'라는 말도 있지 않은가."

"그럼 무엇보다 홈즈를 연구해야겠군요." 작별 인사를 하며 스탬퍼드가 말했다. "하지만 얼마나 복잡한 수수께끼인지 곧 알게 되실 거예요. 홈즈를 연구하기보다 홈즈에게 연구당하실 거라 장담합니다. 안녕히 가세요."

"잘 가게." 내가 대답했다. 나는 새 친구에 대한 강한 호기심이 뭉클뭉클 솟아오르는 것을 느끼며 호텔로 향했다.

2
추리 과학의 세계

다음 날, 우리는 약속한 시각에 만나 홈즈가 말한 베이커 스트리트 221B번지의 하숙집을 둘러보았다. 아늑한 침실 두 개와 통풍이 잘 되는 넓은 거실, 쾌적한 가구, 빛이 잘 드는 커다란 창문 두 개가 있는 집이었다. 집은 흠잡을 데 없거니와, 하숙비도 반씩 부담하면 저렴한 편이어서 우리는 그 자리에서 흥정을 마치고 계약해버렸다. 나는 그날 저녁 호텔에서 짐을 옮겨왔고, 이튿날 아침에 홈즈 역시 대여섯 개의 상자와 커다란 가방 몇 개를 가져왔다. 이틀 동안은 짐을 풀며 살림살이를 진열하느라 정신없이 보냈고, 짐 정리를 마친 뒤에야 차츰 새로운 환경에 적응하기 시작했다.

홈즈는 같이 살기에 신경이 쓰이는 사람은 아니었다. 조용하고, 규칙적인 생활 습관을 지닌 사람이었다. 대개 밤 10시 전에 잠자리에 들었고, 아침을 거르는 법이 없었으며, 언제나 내가 일어나기도 전에 집을 나섰다. 때로는 병원에 있는 화학 실험실에 틀어박혀 있거나 해부실에서 시간을 보내는 모양이었으나, 때로는 멀리 교외로 산책을 나가기도 했다. 열띤 연구심에 불타 열정적으로 일하는가 하면, 며칠 동안이나 거실 소파 위에 누워서 온종일 한마디도 없이 손끝 하나 까닥하지 않을 때도 있었다. 그럴 때의 홈즈는 멍하니 꿈이라도 꾸는 듯한 눈이 되곤 했다. 만일 내가 홈즈의 깨끗하고 절제된 생활 습관을 알지 못했다면, 그가 마약 중독이라도 된 게 아닌가 의심했을 정도였다.

몇 주가 흐르고 시간이 지날수록 홈즈가 어떤 사람이고, 그의 삶의 목표가 무엇인가에 대한 나의 관심과 호기심은 깊어졌다. 셜록 홈즈 자체와 그 외모는 무심코 바라본 사람의 눈길도 끌 만큼 인상적이었다. 키는 1미터 80센티미터가 넘었는데, 깡마른 몸매 때문에 실제보다도 더 커 보였다. 날카롭게 쏘는 듯한 두 눈은, 이따금 무기력해질 때면 몽롱한 눈빛으로 바뀌었다. 가느다란 매부리코는 빈틈없고 강한 인상을 주었고, 각진 턱 역시 단호한 의지를 드러냈다. 그러나 그가 연약한 악기를 다룰 때면, 늘 잉크나 화학 약품으로 얼룩져 있는 두 손이 무척 섬세하게 움직이곤 했다.

이 남자가 얼마나 내 호기심을 자극했는지, 그의 비밀을 알아내려 내가 얼마나 애썼는지를 안다면, 독자들은 나를 참견하기 좋아하는 사람이라고 말할지 모른다. 하지만 적어도 당시에 내 삶이 얼마나 목적 없이 흘러갔는지, 내 관심을 끌 만한 일이 얼마나 없었는지를 또한 알게 된다면 생각이 달라질 것이다. 내 몸은 완벽하게 좋은 날씨가 아니고서는 외출할 수 없는 상태였다. 또한 나와 연락을 주고받으며 일상의 단조로움을 달래줄 친구도 없었다. 상황이 이렇다 보니 나는 룸메이트에 관한 수수께끼에 빠져들어 이를 풀어내는 데 많은 시간을 보냈다.

역시 홈즈는 의학을 공부하고 있지는 않았다. 홈즈에게 그 점에 관해 질문하니 스탬퍼드의 말이 옳다는 것을 직접 확인시켜주었다. 그렇다고 해서 무엇인가 일관성 있는 연구를 하여 학위를 따려는 것도 아니었다. 그러나 어느 분야의 학문에 대해서는 맹렬한 열정을 지니고 있었다. 특정 분야에 대한 그의 지식은 기이할 정도로 광대하고 섬세해서, 그런 지식을 접할 때면 나는 혀를 내두르곤 했다. 명확한 목표가 있지 않은 한 그 누구도 그렇게 열정적으로 연구할 수 없고 그렇게 세세한 지식을 얻을 수도 없을 것이다. 누구나 닥치는 대로 책을 읽는다고 광대한 지식을 쌓기는 어렵다. 이토록 세세한 문제까지 마음을 쏟으려면 그럴 만한 이유가 있다고 봐야 한다.

홈즈는 유식한 만큼이나 무식했다. 현대 문학, 철학, 정치에 대해서는 거의 아는 것이 없었다. 내가 토머스 칼라일의 말을 인용하자, 어리둥절한 표정으로 칼라일이 누구며 뭘하던 사람이냐고 물었다. 내 놀라움이 절정에 이르렀던 때는 그가 코페르니쿠스의 이론과 태양계의 구조에 대해 무지하다는 것을 알게 된 날이었다. 19세기를 살고 있는 문명인이 지구가 태양 주위를 돈다는 사실을 모르다니 도저히 이해할 수가 없었다.

"놀란 모양이군." 놀란 나를 보고 홈즈가 웃으며 말했다. "심지어 나는 지금 알게 된 것을 다시 잊어버릴 생각이네."

"잊어버린다고?"

"들어보게나." 홈즈가 설명했다. "나는 인간의 뇌를 비어 있는 작은 다락방이라고 생각하네. 선택한 가구를 그 안에 채우는 건데, 바보들은 우연히 잡은 모든 것들까지 채워 넣으려 하지. 그래서 정작 쓸 만한 지식이 밀려나 버리거나, 다른 것들과 뒤엉켜 쓰기 어렵게 되는 거야. 그런데 숙련된 사람은 다락방에 채울 것을 고르는 데 아주 신중해. 필요한 연장만 골라 잘 정돈하려 하지. 작은 다락방이 탄력적인 벽을 갖추고 있어 무한정 늘어난다고 생각하면 큰 오산이야. 지식을 더할 때마다 전에 알고 있던 것을 잊게 되거든. 그러니까 쓸모없는 지식이 유용한 것을 밀어내지 않도록 하는 게 중요해."

"하지만 태양계는!" 내가 항의했다.

"그게 나랑 무슨 상관이지?" 홈즈가 성급하게 내 말을 잘랐다. "자네 말에 따르면 우리는 태양 주위를 돌고 있지. 하지만 우리가 달 둘레를 돈다고 해도, 자네나 내가 하고 있는 일에는 달라질 게 없어."

그가 대체 무슨 일을 하고 있는 건지 묻고 싶었지만, 홈즈는 내 질문을 달가워하지 않을 것 같았다. 나는 우리의 짧은 대화를 곱씹어보며 추리를 시도했다. 홈즈는 자기 목적과 관련 없는 지식은 얻으려 하지 않는다고 말했다. 그렇다면 홈즈가 지닌 지식은 그에게 유용하다는 뜻이다. 나는 홈즈가 잘 알고 있다고 내게 과시한 여러 가지 것들을 생각해보았다. 그리고 연필로 그것을 적어 내려가기 시작했다. 완성된 목록을 보며 난 웃지 않을 수 없었다. 내용은 다음과 같다.

셜록 홈즈의 한계

1. 문학 지식 — 없음.
2. 철학 지식 — 없음.
3. 천문학 지식 — 없음.
4. 정치 지식 — 거의 없음.
5. 식물학 지식 — 때에 따라 다름. 벨라도나와 아편, 독성 물질 일반에 대해서는 해박. 실용적인 원예 지식은 없음.
6. 지질학 지식 — 실용적이지만 제한적. 여러 가지 토양을 구별 가능. 산책 후 바지에 튄 흙탕물 자국을 내게 보여준 뒤, 흙의 색과 경도만으로 그것이 런던 어디에서 묻은 것인지 밝혀냄.
7. 화학 지식 — 깊음.
8. 해부학 지식 — 정확하지만 체계적이지 않음.
9. 범죄 문헌 지식 — 막대함. 금세기에 자행된 모든 범죄에 대해 자세히 알고 있는 듯함.
10. 바이올린 연주에 능함.
11. 목검술, 권투, 펜싱 실력이 뛰어남.
12. 영국 법에 대한 실용적 지식을 지님.

여기까지 기록한 나는 낙담해서 종이를 불에 던져버렸다.

"이 모든 항목을 조화시켜서 이 친구가 뭘 연구하는지, 그리고 이 모든 것을 필요로 하는 직업이 무엇인지 알아낼 수 있을까…. 하지만 그런 시도는 하지 않는 게 좋겠어."

앞서 그의 바이올린 연주 실력에 대해 언급했다. 실력이 매우 뛰어난데, 다른 재능과 마찬가지로 아주 별났다. 내가 요청한 멘델스존의 가곡 〈무언가Lieder〉를 비롯해 좋아하는 몇 곡을 연주하는 것으로 보아 다른 여러 가지 어려운 곡들도 훌륭히 연주할 수 있는 게 틀림없었다. 그러나 자신이 내키는 대로 바이올린을 켤 때는 수준 높은 음악성을 뽐내거나 잘 알려진 곡을 연주하는 법이 없었다. 안락의자에 기대앉아 눈을 감은 채 바이올린을 무릎에 놓고 무심한 듯 활을 그을 뿐이었다. 때로는 화음이 낭랑하게 구슬펐고, 어느 때는 몽롱하거나 명랑하기도 했다. 연주는 홈즈의 생각을 반영하는 것이 틀림없었다. 홈즈는 내 인내심을 시험한 것에 대한 보상으로 마지막엔 내가 좋아하는 곡들을 아주 빠르게 연주하고 끝내곤 했는데, 만약 그러지 않았다면 나는 그 짜증 나는 독주에 화를 내고 말았을 것이다.

　처음 일주일 정도는 홈즈를 찾아오는 사람이 아무도 없어 나처럼 외로운 신세라고 생각했다. 그러나 사실 그는 많은 사람을 알고 있었고, 심지어 사회 각계각층의 사람들과 관계를 맺고 있다는 것을 차츰 알게 되었다. 그중 한 사람인 레스트레이드는 몸집이 작고 혈색도 나쁘며 쥐와 같은 얼굴에 까만 눈을 갖고 있었는데, 일주일에 서너 번은 찾아왔다. 어느 날 아침에는 멋지게 차려입은 젊은 아가씨가 찾아와 30분가량 머물다가 돌아갔다. 그날 오후에는 유대인 행상인처럼 보이는 초라한 백발의 사람이 몹시 흥분한 상태로 찾아왔고, 이어 발을 질질 끌며 걷는 노인이 방문했다. 언젠가는 백발 신사가 홈즈를 찾아오기도 했고, 벨벳 제복을 입은 기차역 짐꾼이 찾아온 적도 있었다. 이와 같이 정체를 알 수 없는 손님이 올 때마다 홈즈는 매번 거실을 독점하고 싶은 눈치여서 나는 늘 침실로 물러나야 했다. 홈즈는 이 일에 대해서는 번번이 미안하다는 말을 했다.

　"내 처지로는 거실을 사무실 대용으로 쓸 수밖에 없네. 이곳을 찾아오는 사람들은 내 고객이거든." 이 말을 들었을 때야말로 그의 직업에 대해 단도직입적으로 질문할 수 있는 기회였지만, 난 다시 소심하게 말을 삼켜야 했다. 홈즈가 숨기는 데에는 분명한 이유가 있을 거라고 판단했지만, 얼마 후 그가 자발적으로 밝힌 말을 듣고 보니 그건 또 아니었다.

　지금도 기억하고 있지만 그날은 3월 4일이었다. 평상시보다 일찍 일어난 나는 홈즈가 아직 아침 식사를 마치지 못했다는 것을 알게 되었다. 하숙집 여주인은 내가 늘 늦게 일어나는 것을 잘 알고 있어서 식탁 위에 내 몫의 아침 식사와 커피는 준비해놓지 않은 상태였다. 나는 약간 신경질을 내며 벨을 눌러 여주인을 불러서는 내 식사도 가져오라고 퉁명스럽게 일렀다. 그리고 토스트를 먹고 있던 홈즈를 곁눈질로 보며 시간을 때우기 위해 식탁 위에 있던 잡지를 뒤적거렸다. 연필로 표시가 되어 있는 어느 글의 제목에 자연스레 눈길이 갔다.

〈생명의 책〉이라는 다소 거창한 제목의 글이었다. 주위의 모든 현상을 정확하고 체계적으로 관찰함으로써 얼마나 많은 것을 배울 수 있는지 제시하는 내용이었다. 날카롭지만 한편으로는 황당한 논리였다. 추리 과정이 구체적이고도 강렬했지만, 결론은 억지와 과장이 섞인 것처럼 보였다. 필자는 얼굴의 근육이 약간 일그러지거나 시선이 번쩍 움직이는 것과 같은 순간적인 표정 변화로도 인간의 마음속 깊은 곳을 읽을 수 있다고 주장했다. 그 글에 따르면 관찰과 분석 훈련을 한 사람을 속이는 것은 불가능했다. 그가 내린 결론은 유클리드의 정리만큼 깔끔하고 오류가 없다고 믿고 있었다. 또한 별 지식이 없는 사람에게는 그의 결론이 아주 놀랍기 때문에, 그가 어떻게 이런 결론에 다다랐는지 가르쳐주지 않는다면 사람들은 그가 점쟁이인 줄 알 거라는 내용이었다.

그는 다음과 같은 주장을 내세우고 있었다.

만사를 체계적으로 관찰하는 논리학자라면 대서양이나 나이아가라 폭포에 대해 보거나 듣는 일 없이 한 방울의 물을 보고서도 그 존재의 가능성을 추리할 수 있다. 그것과 마찬가지로 인생이란 하나의 큰 쇠사슬과 같은 것이어서 고리 하나만 보아도 전체를 포착할 수 있는 것이다. 다른 여러 학문과 마찬가지로 추리 분석의 학문은 끈질긴 연구를 통해서야 비로소 습득할 수 있는데, 어떤 인간도 완벽의 경지에 이를 만큼 수명이 길지는 않다. 연구자는 인간의 마음을 짐작해낸다는 가장 어려운 문제를 다루기 전에, 우선 기초적인 문제부터 배워나가야 한다. 누구를 만나면 한눈에 그 사람의 경력이나 현재의 직업을 판별하는 연습을 하라. 이러한 훈련은 다소 어리석어 보일지 모르지만, 이를 통해 예리한 관찰력을 갖게 되고 어디에 착안해 무엇을 보아야 하는지를 터득하게 된다. 사람의 손톱, 외투 소매, 구두, 바지 무릎, 엄지와 검지에 박힌 굳은살, 표정 등을 종합해서 직업을 알아내지 못한다는 것은 말이 되지 않는 일이다.

"말도 안 되는 소리군!" 나는 잡지를 식탁 위에 던지며 말했다. "내 평생 이런 쓰레기 같은 글은 처음 보네."

"왜 그러나?" 홈즈가 물었다.

"이 글 말일세." 나는 식사가 준비된 식탁에 앉아 숟가락으로 잡지를 가리켰다. "표시를 해놓은 걸 보니 자네도 읽은 모양이네만, 글솜씨가 좋다는 건 부정하지 않겠어. 하지만 이건 분명 할 일 없는 사람이 골방에 파묻혀 끄적거린 게 틀림없네. 이런 이론이 통할 리가 있겠나? 내 생각 같아서는 이 글을 쓴 자를 지하철 삼등칸에 밀어 넣고 차 안의 승객들 직업을 차례로 맞혀보라고 하고 싶네. 맞히지 못한다는 쪽에 돈을 걸지."

"그랬다간 자네 돈만 날릴 걸세." 홈즈가 조용히 말했다. "그 글 말이야, 실은 내가 썼거든."

"자네가?"

"그렇다네. 나는 관찰이나 추리의 힘을 존중하지. 저기에 쓴 이론은 자네에게는 아무런 쓸모가 없을지 모르나 실제로는 여간 실용적인 것이 아니라네. 따지고 보면 나는 그 이론으로 먹고사는 셈이거든."

"어떻게 말인가?" 나도 모르는 새에 그에게 질문하고 있었다.

"나는 그런 이론을 응용하는 직업을 갖고 있다네. 이런 직업에 종사하고 있는 사람은 어쩌면 내가 유일할지도 모르지. 나는 자문 탐정이야. 아마 그게 뭔지조차 모르겠지. 이 런던만 해도 형사나 사립탐정이 꽤 많이 있지. 그들이 수사하다가 막히면 나를 찾아오고, 나는 엉킨 실타래를 풀어주는 거야. 그들이 모든 증거를 내게 말해주면 나는 범죄 역사에 관한 지식을 살려 실마리를 잡아줄 수 있다네. 대부분 범죄 사건에는 가족적 유사성이 있어. 만약 1000개의 범죄에 대해 자세히 알고 있다면 1001번째 범죄도 쉽게 풀 수 있지 않겠는가. 레스트레이드도 실은 유명한 형사라네. 위조지폐 사건으로 골머리를 앓다가 나를 찾아왔지."

"그렇다면 다른 사람들은?"

"대개 사설 조사 기관의 소개로 찾아온다네. 모두가 나름대로 걱정거리를 가지고 있고, 그것을 해결하려고 애쓰고 있지. 나는 상대방의 이야길 듣고, 상대방이 내 의견에 따라 문제를 해결하면 사례비를 챙기는 거라네."

"그렇다면 자네는 이 방에서 한 발자국도 나가지 않고서도, 사건을 목격한 본인조차 풀 수 없는 의문을 풀 수 있단 말인가?"

"물론이지. 그런 일에 관해서 나는 일종의 직감을 갖고 있다네. 그야 때에 따라서는 복잡한 사건도 있기 마련이지. 그럴 땐 내가 돌아다니면서 직접 살펴보기도 한다네. 말하자면 나에게는 사건에 적용시킬 수 있는 지식이 있어 사건을 해결하는 데 이용할 수 있다는 거야. 자네는 이 잡지에 나와 있는 추리의 원칙을 잠꼬대 같은 소리라고 했지만, 그 원칙이야말로 내가 이 일을 하는 데 아주 유용하게 쓰인다네. 관찰은 내 제2의 천성이야. 우리가 처음 만났을 때 내가 자네에게 아프가니스탄에서 돌아왔느냐고 말했더니 놀라지 않았나."

"누구에게서 들었겠지."

"천만에. 내 추리의 힘으로 자네가 아프가니스탄에서 왔다는 것을 알아챈 걸세. 오랜 습관 덕분에 번갯불에 콩 볶듯 순식간에 결론이 나오고 말았지만, 그 추리의 순서를 풀어보면 이렇게 된다네.

'이 신사는 의사 같은데 군인과 같은 분위기를 풍기는 것을 보아 군의관이야. 얼굴과 손이 검게 탔지만, 와이셔츠 소매 밑의 손목은 흰 것으로 보아 원래 검은 건 아니니 열대 지방에서 돌아온 지 얼마 되지 않았어. 얼굴이 핼쑥한 걸로 보아 어려운 환경에서 중병을 앓은 모양이야. 팔의 움직임이 딱딱하고 부자연스러운 걸 보니 왼팔에 부상을 입었고. 영국의 군의관이 열대 지방에서 부상을 입을 정도의 격전지는 어디일까? 뻔하군, 아프가니스탄이야.'

이상의 추리에 단 1초도 걸리지 않았네. 그래서 결론을 한마디로 이야기한 거였는데, 자네는 토끼 눈이 되었지."

"설명을 듣고 보니 정말 간단하군." 나는 미소를 지으며 말했다. "자네는 마치 에드거 앨런 포의 작품에 등장하는 뒤팽 탐정 같군그래. 그런 인물이 실제로 존재하리라곤 생각지도 못했는걸."

홈즈는 벌떡 일어서며 파이프에 불을 댕겼다. "자네는 나를 칭찬해줄 생각으로 뒤팽을 끄집어냈겠지만, 내가 보기에 뒤팽은 한참 모자란 친구라네. 15분 동안이나 조용히 있다가 갑자기 말을 던져 친구들의 생각을 방해하는 수법은 아주 과시적이고 천박하지. 어느 정도 분석에 재능이 있기는 하지만, 비범한 인물이라고는 생각지 않네. 포는 비범하다고 생각했겠지만 말이야."

"프랑스의 추리 작가 가보리오의 작품도 읽었겠군. 거기에 나오는 르코크라면 명탐정이라고 할 수 있겠지?"

홈즈는 콧방귀를 뀌었다. "르코크 같은 건 장님 코끼리 말하기라, 봐주기도 괴롭네." 홈즈가 성난 어조로 말했다. "한 가지 인정할 만한 게 있다면 열정적이라는 점이지. 하여간 그 책은 도저히 눈 뜨고 볼 수가 없어. 입을 열지 않는 용의자의 신원 조사가 고작이지 않은가. 나라면 하루로 족할 일을 르코크 선생은 반년이나 허둥거리더군. 그 책은 탐정으로서 해서는 안 되는 일에 대해 가르치는 교과서라면 도움이 될 걸세."

나는 내가 좋아하는 두 인물이 홈즈에 의해 무례하게 다루어지는 것을 보고 화가 치밀었다. 나는 창가로 가서 분주한 거리를 내려다보며 생각했다. '이 친구가 머리는 좋을지 몰라도 자만심은 정말 지나치군.'

"요즘은 범죄도 없고, 범죄자도 없다네." 홈즈는 혼잣말처럼 투덜거렸다. "그런 마당에 좋은 두뇌를 갖고 있어봤자 무슨 소용이 있는가 말이야. 내겐 분명 뛰어난 두뇌가 있네. 과거와 현재를 통틀어 범죄 수사에 있어 나만큼 연구를 하고, 또 타고난 재능을 부릴 수 있는 사람은 아무도 없단 말일세. 그런데 나와 같은 탐정을 필요로 하는 사건은 일어나지 않으니 이를 어쩌면 좋겠나. 기껏해야 경시청의 돌대가리 수준에 맞는, 동기가 뻔하고 서툰 범죄뿐이잖아."

나는 홈즈의 기고만장한 이야기에 더욱 화가 났기에, 화제를 돌려야겠다고 생각했다.

"저 남자는 뭘 찾고 있는 걸까?" 나는 길 건너편의 우람한 사람을 가리키며 물었다. 검소한 차림의 그 남자는 천천히 걸어 내려오며 건물 번지수를 살피고 있었다. 손에 푸른 서류 봉투를 들고 있는 것으로 보아, 그걸 배달하러 가는 모양이었다.

"저 해병대 출신 하사관 말인가?" 홈즈가 창밖을 내다보며 말했다.

'또 큰소리군!' 나는 속으로 중얼거렸다. '넘겨짚어 봤자 내가 확인할 길이 없으니 저런 소릴 하는 거겠지.'

그러는 동안에 우리가 지켜보고 있던 남자는 우리 쪽의 집 번호를 확인하고는 잰걸음으로 길을 건너왔다. 곧이어 아래층에서 노크 소리가 나고 굵직한 목소리가 들리더니 쿵쿵 계단을 올라오는 육중한 발소리가 들려왔다.

"셜록 홈즈 씨에게 전해드리랍니다." 방 안에 들어선 그가 홈즈에게 봉투를 내밀었다.

지금이야말로 홈즈의 콧대를 꺾어줄 기회였다. 홈즈는 일이 이렇게 될 줄도 모르고 멋대로 지껄였을 테니 말이다.

"실례가 안 된다면 무슨 일을 하시는지 알 수 있을까요?" 나는 자못 부드러운 목소리로 물었다.

"퇴역 군인 조합의 심부름꾼입니다만." 남자가 퉁명스레 대답했다. "제복은 수선 중입니다."

나는 심술궂게 홈즈를 바라보며 물

었다. "그럼 그전에는 무슨 일을 했습니까?"

"하사관이었습니다. 영국 해병대 경보병이었죠. 답장을 써주실 필요가 없다면 돌아가겠습니다."

남자는 발꿈치를 붙이더니, 거수경례를 하고 물러갔다.

3
로리스턴 가든 미스터리

솔직히 룸메이트의 이론이 척척 들어맞는 증거를 눈앞에서 본 나는 놀라지 않을 수 없었다. 그의 분석력은 실로 대단했다. 그러면서도 마음 한구석에는 홈즈가 나를 현혹시키기 위해 미리 꾸며둔 것이 아닌가 하는 의심까지 들었다. 하지만 그렇게까지 나를 속여서 무슨 이득을 보겠나 하는 생각도 스쳤다. 홈즈를 새삼스럽게 바라보니, 그는 막 편지를 다 읽고 멍한 눈이 되어 있었다.

"도대체 어떻게 그런 추리가 가능했나?" 나는 궁금증을 참을 수가 없었다.

"무슨 추리?" 홈즈가 신경질적인 반응을 보였다.

"아까 그 남자가 해병대 하사관이었다는 것 말일세."

"난 지금 그런 사소한 일에 신경 쓸 겨를이 없네." 홈즈는 퉁명하게 쏘아붙이다가 문득 씩 웃었다. "아, 내가 무례하게 굴었다면 용서하게나. 생각에 방해가 되어 그만. 아니, 그런데 자네는 그가 해병대 하사관 출신이라는 정도도 몰랐단 말인가?"

"짐작도 하지 못했네."

"쉬운 문제였지. 나로서는 알고 모르고의 문제가 아니라서 어떻게 설명을 할지가 더 어렵군. 자네도 마찬가지겠지만 2 더하기 2가 4라는 것을 증명하라면, 너무 당연한 것이라 답을 뻔히 알면서도 설명이 어려운 법이지. 길 건너편에 있던 그 남자의 손등에는 푸른 닻 문신이 뚜렷하게 새겨져 있었네. 닻은 바다와 관계가 있지. 거기에다 몸의 동작이 절도 있는 것이 신병을 호되게 다루는 고참병 냄새가 풍기더군. 중요한 건 그의 구레나룻일세. 그건 해병대 특유의 수염이지. 거기에다 꽤 거만한 분위기를 풍겼고, 점잖은 중년 남자라는 것이 얼굴에 쓰여 있었어. 그럼 빤하지 않은가. 이 모든 사실로 미루어 보아 그가 하사관이었다는 결론에 이르게 되었지."

"두 손 들었네!" 나는 감탄을 금치 못했다.

"뭐 이런 걸 가지고." 홈즈는 대수롭지 않게 말했지만, 내가 감탄하자 싫지 않은 얼굴이었다. "최근에는 범죄다운 범죄가 없다 싶었는데 꼭 그런 것만도 아닌 것 같군. 이걸 읽어보게나." 홈즈는 편지를 나에게 던져 주었다.

편지를 보고 난 외쳤다. "허! 이건 보통 사건이 아니군."

"평범한 사건이 아닌 것 같네. 어디 한번 소리 내어 읽어주겠나?" 홈즈는 침착하게 말했다.

내가 읽어준 편지 내용은 이러했다.

친애하는 셜록 홈즈 씨,

지난 밤 브릭스턴 로드의 로리스턴 가든 3번지에서 괴이한 사건이 발생했습니다. 오늘 새벽 2시경, 순찰 중이던 경관이 그 집에 불이 켜져 있는 것을 보았습니다. 그곳은 빈집이었기 때문에 이상하게 생각하여 살펴본 결과, 현관문은 열려 있었고 가구 하나 없는 응접실에서 한 남자의 시체를 발견했습니다. 옷차림은 말쑥했는데 주머니에는 '미국 오하이오 주, 클리블랜드'라는 주소와 '이녹 J. 드레버'라는 이름이 써 있는 명함 몇 장이 들어 있었습니다. 소지품을 강탈당한 흔적은 없었고, 사인에 관한 증거물도 남아 있는 것이 없습니다. 실내에는 몇 군데 핏자국이 있지만, 시신에는 상처 하나 없습니다. 그 남자가 어떻게 빈집에 들어갔는지는 알 길이 없습니다. 사건 전체가 안개에 싸인 느낌입니다. 오늘 오전 중에 이 집에 들러주시면 저를 만날 수 있을 겁니다. 회신을 주실 때까지 현장은 그대로 보존하겠습니다. 혹여 못 오시게 될 경우엔 차후에 자세히 설명을 드리겠습니다. 고견을 들려주시면 고맙겠습니다.

—토바이어스 그레그슨

"그레그슨은 런던 경찰국에서 가장 영리한 형사라네." 홈즈가 설명했다. "그레그슨과 레스트레이드 모두 그 바닥에서는 알아주는 사람들이지. 두 사람 다 민첩하고 열정적인데, 안타깝게도 생각은 혀를 내두를 만큼 틀에 박혀 있다네. 게다가 그 둘은 여성들처럼 질투가 심해 서로 못 잡아먹어 안달이지. 둘다 이번 사건에 관여한다면 상당한 접전이 벌어질 걸세."

나는 홈즈의 여유로운 모습이 놀라웠다. "이렇게 한가하게 이야기할 틈이 있는가?" 나는 큰 소리로 말했다. "얼른 마차를 불러옴세!"

"난 아직 가보겠다고 말한 적이 없는데? 나는 구제 불능에다 게으름뱅이야. 마음이 내켜야 비로소 움직이지."

"하지만 자네가 그렇게 기다리던 기회가 아닌가?"

"이봐, 친구. 자네는 그렇게 말하지만 냉정히 말해 내가 이 사건과 무슨 관계가 있는가? 가령 내가 해결한다 해도 그 공로는 틀림없이 그레그슨이나 레스트레이드의 것이 될 게 아닌가? 나는 공무원이 아니니 말이야."

"하지만 그가 간곡히 부탁하지 않나."

"그야, 내가 자기보다 낫다는 걸 스스로 알고 있으니까. 내 앞에서도 그런 사실을 인정하고는 있어. 하지만 제삼자 앞에서는 그 사실을 절대 인정하지 않을걸? 어쨌거나 잠시 다녀오는 것도 나쁘진 않겠지. 나는 내 방식대로 해결해보겠네. 큰 소득은 없겠지만 그 사람들을 비웃어줄 수는 있을 것 아닌가. 자, 가세."

홈즈는 급히 외투를 걸치며 말했다. 냉담하던 태도가 어느새 의욕적으로 바뀌어 있었다.

"자, 자네도 모자를 쓰게." 그가 말했다.

"응? 나도 함께 가자는 말인가?"

"달리 할 일이 없다면."

잠시 후 우리는 마차를 타고 브릭스턴 로드를 향해 세차게 달렸다.

짙은 안개가 자욱하게 내려앉은 아침이었다. 암갈색 장막을 두른 듯한 지붕 위 하늘은 마치 그 아래의 흙빛을 반사하고 있는 것 같았다. 홈즈는 활기에 차서 내내 크레모나에 대해, 그리고 스트라디바리우스와 아마티 바이올린의 차이점에 대해 떠들어댔다. 나는 침묵을 지켰다. 내가 뛰어든 음산한 사건과 침침한 날씨에 움츠러든 탓이었다.

"자넨 이제 다루게 될 사건에 대해서는 생각하지 않는 모양이지?" 나는 더 이상 참을 수 없어 그의 음악 강연을 끊으며 말했다.

"아직 아무런 정보가 없지 않은가?" 홈즈가 대답했다. "구체적인 증거가 갖추어지기도 전에 추리를 했다가는 실수를 범하기 십상이지. 판단력이 흐려지니까 말일세."

"정보를 곧 얻을 수 있겠군." 나는 앞쪽을 가리키며 말했다. "지금 브릭스턴 로드를 지나고 있네. 아, 저게 바로 그 빈집 아닌가?"

"그런 것 같군. 마부, 마차를 세워주시오!"

목적지까진 아직 100미터 가까이 남아 있었으나, 홈즈가 끌어내리는 바람에 우리는 그 빈집까지 걸어가야 했다.

로리스턴 가든 3번지 일대는 보기에도 음산하고 사람으로 하여금 슬그머니 겁을 먹게 하는 그런 분위기였다. 거리에서 좀 떨어진 곳에 집 네 채가 나란히 서 있는데 그중 두 집에는 사람이 살고 있었고 나머지 둘은 비어 있었다. 3층짜리인 두 집의 음침한 창문에는 커튼 하나 달려 있지 않았다. 뿌연 유리창에 '세놓음'이라고 쓰인 푯말만이 백내장처럼 군데군데 붙어 있을 뿐이었다. 작은 정원에는 집과 거리를 구분하는 시들시들한 식물들이 흐드러져 있었고, 그 사이로 좁은 길이 나 있었다. 길 언저리는 간밤에 내린 비로 질펀했다. 정원은 1미터가량 높이의 벽돌담으로 둘러쳐져 있었고, 담 위에는 나무로 만든 난간이 세워져 있었다. 한가한 사람 몇 명이 서성거리며 무슨 일이 일어나고 있는지를 조금이라도 보려고 목을 길게 빼고 있는 가운데 체격이 건장한 순경 하나가 담 앞에 서서 버티고 있었다.

　나는 홈즈가 곧장 집 안으로 들어가 수사를 시작할 것이라 짐작했다. 그러나 그런 기색은 조금도 보이지 않았다. 적어도 내가 보기엔 일부러 딴전이라도 피우는 것처럼 도로를 왔다 갔다 하고, 땅과 하늘 그리고 맞은편의 집과 울타리 같은 것을 멍하니 바라보는 것이었다. 그런 조사를 끝내더니 이번에는 집으로 통하는 길에서 되도록 자갈과 옆의 잔디를 골라 걸어가며 땅 위를 살펴보았다. 도중에 두 번 걸음을 멈추었는데, 한 번은 극히 만족스러운 미소를 보이며 뭐라고 중얼거리기도 했다. 질척한 진흙길에는 많은 경찰 관계자들의 발자국이 나 있었기에 그런 상태에서 무슨 단서가 잡힐지 나로서는 의심스러웠다. 그러나 나는 홈즈의 예리한 지각 능력을 이미 경험한 바 있으므로, 홈즈의 눈에는 내가 알 수 없는 많은 사실이 속속 드러나 보이고 있으리라는 것을 믿어 의심치 않았다.

그 집 현관에서 우리는 키가 크고 흰 얼굴에 갈색 머리를 한 남자를 만났다. 그는 수첩을 손에 들고 집 안에서 달려 나오더니 기다렸다는 듯 홈즈의 손을 잡고 흔들었다. "와주셔서 정말 감사합니다. 현장에는 손도 대지 않고 잘 보존해두었습니다."

"저것만은 제외하고 말이죠!" 홈즈가 정원의 흙길을 가리키며 말했다. "버팔로 떼를 풀어놨어도 저 지경은 되지 않았을 거요. 하지만 그레그슨 씨, 당신이라면 길이 저 지경이 되기 전에 단서들을 건졌겠지요."

"실은, 안쪽을 조사하기도 바빠서…." 그가 변명했다. "레스트레이드 경위가 와 있기에 바깥쪽의 일은 그에게 맡겨두었습니다."

홈즈는 나를 힐끔 바라보고는 이마를 찌푸리며 냉소적으로 말했다. "당신과 레스트레이드 씨 같은 베테랑급 형사가 두 분이나 와 계시니, 저 같은 제삼자는 별로 알아낼 게 없겠군요."

그레그슨은 두 손을 비비며 자만하듯이 말했다. "가능한 한 모든 일을 실수 없이 진행했다고 봅니다. 하지만 상당히 이상한 사건이어서요. 홈즈 씨 취향에도 맞으리라 생각했지요."

"혹시 마차를 타고 이곳에 왔소?" 홈즈가 갑자기 엉뚱한 질문을 했다.

"아뇨."

"레스트레이드 씨도?"

"예."

"그럼 이제부터 방 안을 구경해봅시다." 홈즈는 느닷없이 말을 돌리며 집 안으로 성큼성큼 걸어 들어갔다. 그레그슨은 어리둥절한 표정으로 뒤를 따랐다. 먼지가 쌓인 판자로 된 복도가 부엌과 세탁실 쪽으로 곧장 뻗어 있었다. 좌우로 두 개의 문이 있었는데, 하나는 오랫동안 닫혀 있던 것이 분명했고, 다른 하나는 식당으로 통하는 문이었다. 불가사의한 사건이 일어난 현장은 바로 식당이었다. 홈즈가 먼저 들어가고, 내가 뒤를 따랐다. 시신을 볼 생각에 마음이 무거웠다.

방은 크고 네모졌는데 가구가 하나도 없어 더욱 넓어 보였다. 싸구려 벽지로 도배된 벽은 곰팡이가 슬어 얼룩진 곳이 있는가 하면, 군데군데 벽지가 벗겨져 누런 흙이 보이는 부분도 있었다. 문의 반대쪽 벽에는 흰 모조 대리석으로 된 벽난로가 있고, 그 모서리 위에는 타다 만 붉은 양초가 놓여 있었다. 하나밖에 없는 유리창은 먼지가 뽀얗게 끼어 창을 통해 들어오는 희미한 햇빛마저 잿빛으로 바뀌어 침침해 보였다. 그 침침한 느낌은 방 안 가득한 먼지로 인해 더욱 짙게 보였다.

물론 이런 세부적인 것은 나중에 가서야 내가 관찰한 것이고, 사실 방 안에 들어선 순간에는 바닥에 누워 퀭한 눈으로 천장을 노려보고 있는 시체에 온 정신이 팔릴 수밖에 없었다. 43~44세가량으로 보이는 시신은 어깨가 넓은 중키의 보통 체격으로 검은 곱슬머리에 짧은 턱수염을 기르고 있었다. 어두운 색깔의 모직 프록코트와 조끼에 밝은색 바지를 입었고, 셔츠 소매와 목깃은 때 묻지 않은 새것이었다. 그리고 곁에는 손질이 잘된 단정한 중절모가 놓여 있었다. 죽음과 치열하게

맞서 싸운 것처럼 팔을 벌린 채 두 손을 움켜쥐었고, 두 다리는 꼬여 있었다. 굳은 얼굴에는 두려움과 증오의 표정이 서려 있었다. 무섭게 일그러진 모습에다 좁은 이마와 뭉뚝한 코, 돌출된 턱으로 인해 마치 원숭이처럼 보이기도 했다. 몸을 구부린 부자연스러운 자세 때문에 더 그런 듯했다. 이제껏 여러 시체를 보아왔지만, 런던 교외의 간선도로가 보이는 그 어두운 집에서 목격한 시체만큼 섬뜩한 얼굴은 본 적이 없었다.

그때 여전히 깡마르고 흰 족제비 같은 인상의 레스트레이드가 입구 쪽에 나타나 홈즈와 나에게 아는 체를 했다.

"이번 사건은 꽤 떠들썩할 것 같습니다." 그가 말했다. "나도 경찰 밥을 먹을 만큼 먹었지만, 이번 사건은 정말 끔찍해요."

"단서는 찾았나요?" 그레그슨이 말했다.

"아니, 전혀." 레스트레이드가 잘라 말했다.

홈즈는 그들의 이야기를 들은 체도 하지 않고, 시신 옆에 쭈그리고 앉아 열정적으로 관찰을 시작했다. "분명히 상처는 없었습니까?" 홈즈가 사방에 튄 핏자국을 살피며 물었다.

"확실합니다!" 두 형사가 동시에 대답했다.

"그렇다면 이 피는 제2의 인물, 그러니까 범인의 것이겠군. 만약 타살이라고 가정한다면 말입니다. 그러고 보니 1834년에 위트레흐트에서 있었던 판 얀선 살해 사건이 생각나는군. 그 사건을 아십니까, 그레그슨 씨?"

"아뇨."

"그럼 공부를 겸해서 사건 기록을 읽어보시지요. 꼭 읽어봐야 합니다. 하늘 아래 새로운 것은 없어요. 대부분 범죄들은 비슷비슷하기 마련이니까."

홈즈는 그런 말을 하면서도 쉬지 않고 손가락을 움직였다. 시체를 만져보고, 눌러보고, 단추를 푸는 등의 검사를 하면서도 앞에서 언급한 바와 같이 그의 눈은 정말 무심해 보였다. 홈즈의 동작은 지나치게 빨라 신중을 기한다는 느낌을 찾아보기 어려웠다. 홈즈는 마지막으로 시체의 입 냄새까지 맡아보고는 에나멜가죽 구두 밑창을 슬쩍 살펴보았다.

"시체는 조금도 움직이지 않았나요?" 홈즈가 물었다.

"우리가 조사하는 데 필요한 이상은 움직이지 않았습니다."

"그럼 이제 영안실로 운반해 가시죠. 더 이상 살펴볼 것도 없으니." 홈즈가 말했다.

그레그슨이 부르자 대기하고 있던 인부 네 명이 들것을 가지고 들어와 시신을 밖으로 옮겼다. 그런데 시신을 막 들어 올렸을 때, 어디선가 반지 한 개가 툭 떨어져 바닥으로 굴러갔다. 레스트레이드가 반지를 주워 들고, 수상하다는 듯이 들여다보며 말했다.

"여기에 여자가 있었군요!" 형사가 외쳤다. "이건 여자의 결혼반지가 틀림없어요."

그러고는 반지를 손바닥에 올려놓고 내밀어 보였다. 우리는 레스트레이드를 둘러싼 채 반지를 눈여겨보았다. 장식이 없는 금반지는 신부가 끼는 결혼반지가 분명했다.

"사건이 더욱 얽히고설키는군." 그레그슨이 말했다. "그러잖아도 복잡한데 말야."

"반지 덕분에 오히려 사건이 간단해질지도 모르는 일입니다." 홈즈가 말했다. "하지만 지금은 반지를 보고 있다고 해서 무슨 도움이 될 것 같진 않군요. 그보다도 주머니에는 뭐가 들어 있었죠?"

"이게 전부입니다." 그레그슨이 계단 맨 아래에 놓인 잡동사니를 가리키며 말했다. "런던 버로드 회사 제품 번호 97163의 금시계 하나, 앨버트 금 시곗줄, 이건 무게가 꽤 나가는 순금입니다. 프리메이슨 문양이 새겨진 금반지. 불도그 머리 모양에 눈은 루비로 된 금핀. 러시아제 가죽 명함 케이스. 그 안에는 클리블랜드의 이녹 J. 드레버라는 사람의 명함이 들어 있는데, 코트 안감에 박힌 E. J. D.라는 이니셜과 일치합니다. 지갑은 보이지 않고, 7파운드 13실링이 있군요. 조지프 스탠거슨이라는 이름이 적혀 있는 보카치오의 《데카메론》 문고판 소설 한 권. 그리고 편지가 두 통 있는데, 한 통은 받는 사람이 E. J. 드레버로 되어 있고, 다른 한 통은 조지프 스탠거슨 앞으로 되어 있습니다."

"주소는요?"

"스트랜드의 아메리카 환전소 유치로 되어 있습니다. 두 통다 가이온 증기선 회사에서 보낸 것으로, 리버풀에서 출항한다는 내용입니다. 이 피살자는 뉴욕으로 돌아가려고 한 것이 분명합니다."

"그 스탠거슨이란 사람에 대해서는 뭔가 조사해봤습니까?"

"즉시 했습니다." 그레그슨이 대답했다. "모든 신문에 광고를 냈고, 환전소에도 사람을 보냈습니다만 아직 돌아오지 않았습니다."

"클리블랜드에도 조회를 했나요?"

"오늘 아침에 전보를 쳤습니다."

"내용은요?"

"이번 사건에 대해 설명하고, 무엇이든 참고될 만한 정보를 알려달라고 부탁했습니다."

"단서가 될 것 같은 사항에 대한 질문을 하진 않았나요?"

"스탠거슨에 대해서 물어봤습니다."

"그것뿐입니까? 그 밖에 이 사건의 열쇠가 될 만한 사항은 물어보지 않았나요? 다시 한 번 전보를 쳐보면 어떨까요?"

"필요한 것은 모두 물어봤습니다." 그레그슨이 사무적인 목소리로 대답했다.

홈즈가 혼자 실실 웃으며 뭐라고 말을 하려는 순간 사건 현장에 남아 있던 레스트레이드가 얼굴에 기세등등한 미소를 머금고 다가왔다.

"그레그슨." 형사가 말했다. "방금 극히 중대한 것을 발견했네. 내가 벽을 세심하게 살펴보았으니 망정이지. 그렇지 않았다면 큰 실수를 할 뻔했는걸."

작은 체구의 이 남자는 그렇게 말하며 눈을 반짝였다. 그는 그레그슨보다 앞서 가게 된 것에 아주 우쭐하고 있는 것이 틀림없었다.

"자, 모두들 이리 와보십시오." 그가 앞장서서 식당으로 우리를 안내했고, 우리는 뒤따라 들어갔다. 시체를 치워서 그런지 방 안은 한결 밝아진 느낌이었다. "자, 거기 서 계십시오!" 레스트레이드는 구두 바닥에 성냥을 그어 불을 켜더니 벽을 비추었다.

"여길 보세요!" 그가 의기양양하게 말했다.

벽지가 여기저기 벗겨져 있다는 것은 앞서 이야기한 바 있으나 그곳은 벗겨진 부분이 다소 커서 거친 흙벽이 누렇게 드러나 있었다. 바로 그 흙벽에 핏빛의 붉은색으로 다음과 같은 글씨가 쓰여 있었다.

RACHE

"어떻습니까, 홈즈 씨?" 레스트레이드는 마치 서커스단의 흥행사가 손님을 끌어들일 때의 제스처를 흉내 내듯 입을 열었다.

"식당에서 가장 어두운 구석이라 아무도 유심히 들여다보지 않았죠. 그래서 그냥 넘어가 버린 것입니다. 범인이 자신의 피로 이 글씨를 썼을 것입니다. 보십시오, 이렇게 글씨마다 피가 아래로 흘러내리고 있습니다. 이것만으로도 자살이라는 가정은 무너질 수밖에 없는 거지요. 그런데 하필이면 왜 이런 구석에 글씨를 썼을까요? 제가 말씀드리죠. 벽난로 위에 초가 있

죠? 그것은 범행 당시 켜져 있었을 것입니다. 그런 상황에서 이 구석은 가장 어두운 장소가 아니라 거꾸로 이 방에서 가장 밝은 곳이었던 겁니다."

"오호, 그래. 자네가 발견한 그 대단한 글자가 대체 무슨 의미를 가지고 있다는 건가?" 레스트레이드의 장황한 설명에 그레그슨이 콧방귀를 뀌듯 빈정거렸다.

"의미라고? 그야 이것을 쓴 범인은 레이첼Rachel이라는 여자의 이름을 쓰려고 했지만 다 쓰기 전에 뭔가 방해를 받은 거라네. 두고 보라고, 이 사건이 해결되고 나면 반드시 레이첼이라는 여자와 관계가 있다는 걸 알게 될 테니. 홈즈 씨, 지금은 마음껏 비웃어도 괜찮습니다. 당신의 머리가 비상하다는 건 잘 압니다. 그러나 나도 이 방면에서는 산전수전 다 겪은 사람입니다."

"이거 뜻하지 않게 실례를 범했습니다." 갑자기 웃음을 터뜨린 홈즈는 레스트레이드의 기분을 상하게 한 것을 사과했다. "우리 중에서 누구보다도 먼저 이걸 발견한 것은 확실히 자랑할 만한 일입니다. 지금 말씀하신 대로 모든 점으로 미루어보아 어젯밤 사건에 등장한 범인이 쓴 게 틀림없을 겁니다. 그런데 나는 아직 이 식당을 살펴볼 시간이 없었습니다. 허락해주신다면 이제부터 조사를 한번 시작해보겠습니다."

홈즈는 주머니에서 재빨리 줄자와 대형 돋보기를 꺼냈다. 그는 두 도구를 가지고 방 안을 소리 없이 돌아다니다가 때때로 걸음을 멈추거나 무릎을 꿇기도 하면서 바닥에 엎드리기도

했다. 얼마나 거기에 열중해 있는지 우리가 지켜보고 있는 것도 잊은 듯 쉴 새 없이 중얼거리고 휘파람을 불기도 하고 희망에 찬 탄성을 지르기도 했다. 홈즈의 움직임을 바라보면서 나는 잘 훈련된 폭스하운드 사냥개가 코를 땅에 대고 짐승의 냄새를 추적해나가는 광경을 떠올렸다. 홈즈는 내 눈에는 별다를 것도 없는 흔적과 흔적 사이를 공들여 재보기도 하고, 때로는 벽에 줄자를 대보는 등 20분 남짓 작업에 몰두했다. 어느 곳에서는 바닥에 쌓인 회색 먼지를 조심스럽게 긁어모으기도 했다. 마지막으로 그는 벽의 글씨를 하나하나 돋보기로 주의 깊게 살펴보았다. 그 작업이 끝나자 할 일을 다했다는 듯 흐뭇한 미소를 띠고서 줄자와 돋보기를 주머니에 챙겨 넣으며 말했다.

"천재성은 고통을 수반하는 무한한 능력이라고 하죠. 다소 어설픈 정의긴 하지만, 탐정 일을 설명하기엔 안성맞춤인 말이죠."

홈즈가 일에 열중하고 있는 동안 그레그슨과 레스트레이드는 신기한 듯, 때로는 비웃듯 홈즈의 움직임을 지켜보았다. 홈즈가 행동할 때는 언제나 명백하고 실질적인 목표가 있다는 사실을 나는 이제 막 알게 되었는데, 두 형사는 아직 모르고 있는 것이 분명했다.

"그래서 홈즈 씨는 어떻게 생각하십니까?" 두 사람이 동시에 물었다.

"제가 지금 나서다가는 옆에서 두 분의 공로를 가로채는 결과를 가져올 겁니다." 홈즈가 말했다. "두 분도 나름대로 단서를 가지고 있을 텐데, 제가 이렇다 저렇다 말하며 선수를 치는 건 부질없는 일입니다." 홈즈는 다소 냉소적인 목소리로 말을 이었다.

"그러나 수사의 진전을 알려주면 저도 기꺼이 협력을 아끼지 않겠습니다. 그런데 우선은 시체를 처음 발견한 순경을 만나보고 싶군요. 이름과 주소를 알 수 있겠습니까?"

레스트레이드가 수첩을 보고 말했다. "이름은 존 랜스. 오늘은 비번이라 케닝턴 파크 게이트, 오들리 코트 46번지로 가면 만날 수 있을 겁니다."

홈즈는 주소를 적었다.

"자, 의사 양반." 홈즈가 말했다. "가보세. 그 순경을 만나면 도움이 될 테니. 참, 여러분. 참고가 될 만한 것을 하나만 알려드리겠습니다." 홈즈는 두 형사를 바라보며 말했다. "여기서 일어난 살인의 범인은 남자입니다. 180센티미터가 넘는 장년의 남자죠. 키에 비해서 발이 작고, 코가 각진 싸구려 구두를 신고 있으며, 트리치노폴리라는 시가를 피웠습니다. 범인은 사륜마차를 타고 피살자와 함께 이곳에 왔습니다. 마차를 끈 말은 오른쪽 앞다리 발굽에만 새 징을 달았고, 나머지 세 개는 낡았습니다. 범인의 얼굴은 십중팔구 불그스레한 편이며, 오른손 손톱이 꽤 깁니다. 극히 사소한 특징에 지나지 않지만 조금은 도움이 될까 해서 말씀드립니다."

레스트레이드와 그레그슨은 의아한 표정으로 서로 얼굴을

마주 보았다.

"어떤 방법으로 살해된 겁니까?" 레스트레이드가 물었다.

"독살." 홈즈는 대수롭지 않게 말하고 성큼 걸어 나갔다. "레스트레이드 경위님, 또 한 가지 말해두겠습니다만" 하고 말하며 홈즈는 문간에서 돌아섰다. "RACHE란 독일어로 라헤라고 읽으며 '복수'라는 뜻입니다. 공연히 레이첼이라는 아가씨를 찾아 헤매느라고 시간을 낭비하지 마세요."

그렇게 마지막 한마디를 남긴 홈즈는 입을 벌리고 서 있는 두 라이벌 형사를 남겨둔 채 나가 버렸다.

4
존 랜스의 증언

　우리가 로리스턴 가든 3번지를 떠난 것은 오후 1시경이었다. 홈즈는 나와 함께 가까운 전신국에 들러 상당히 긴 전보를 쳤다. 그러고 나서 마차를 잡아타고 레스트레이드가 가르쳐준 주소로 가자고 마부에게 말했다.

　"직접 증언을 들어보는 것이 제일이지." 마차에서 홈즈가 입을 열었다. "사실 나로서는 이미 결론을 내렸지만 알아둘 일은 좀 더 구체적으로 알아보는 것이 좋으니까 말이야."

　"홈즈, 나를 정말 놀라게 하는군." 내가 말했다. "조금 전에 자넨 두 형사에게 그 모든 것에 대해 확신하듯이 말했지만, 설마 정말로 그렇게 훤히 알고 한 말은 아니겠지?"

　"틀림없네." 홈즈가 대답했다. "내가 목격한 것은 보도에 인접해서 두 줄기로 마차 자국이 나 있다는 것이었네. 지난 일주일 동안 계속 날이 좋았다가 어제저녁에야 비가 오기 시작했으니 그렇게 선명한 바퀴 자국이라면 어젯밤에 난 게 틀림없지. 말발굽의 징 자국도 남아 있었는데, 네 개 중 하나만이 유달리 뚜렷한 것으로 보아 그쪽 발의 징만이 새것이라는 걸 알았네. 그 마차가 비가 오기 시작한 뒤에 왔다는 것은 확실하네. 날이 밝은 뒤 그곳에 온 마차가 한 대도 없었다는 그레그슨의 말로 미루어 마차는 밤중에 왔고, 그 마차에 두 사람이 타고 왔다는 것은 확실한 일이지."

"그건 간단한 것 같군." 내가 말했다. "그런데 보지도 않은 범인의 키는 어떻게 알았나?"

"사람의 키라는 것은 십중팔구 보폭으로 알아낼 수가 있다네. 아주 간단한 계산이야. 이 남자의 보폭은 정원의 흙길과 집 안에 쌓인 먼지를 보고 알아냈네. 그런 다음 그 계산이 정확한지를 확인해볼 수 있는 방법도 있었지. 사람은 벽에 글씨를 쓸 때면 자기도 모르는 사이 눈높이에 맞춰 쓰게 되니까 말이야. 그런데 그 글씨는 바닥에서 180센티미터가량 되는 곳에 쓰여 있었네. 키를 알아내는 것은 식은 죽 먹기였지."

"그렇다면 나이는?" 내가 물었다.

"아, 그건 135센티미터 보폭으로 가볍게 걸을 수 있다면 우선 노인이 아니라는 것은 확실하지. 흙길에 괸 물웅덩이의 폭이 135센티미터였고, 그 남자가 그걸 뛰어넘은 것은 발자국으로 알 수 있었네. 에나멜가죽 구두 쪽은 물웅덩이를 돌아갔는데 코가 각진 구두는 웅덩이를 뛰어넘었더군. 그건 확실해. 나는 그 잡지에서 주장한 관찰과 추리의 개념을 일상생활에 그대로 적용하고 있어. 아직도 미심쩍은 것이 있나?"

"손톱과 트리치노폴리." 내가 말했다.

"벽의 글씨는 검지에 피를 묻혀 쓴 것이었네. 돋보기로 확대해 보니 회벽을 약간 긁은 자국이 있더군. 만일 손톱을 짧게 깎았다면 그런 흔적은 남을 수가 없지. 그리고 바닥에 떨어진 담뱃재를 조사해보니 색이 검고 얇게 조각이 나 있더군. 그런 재가 남는 것은 트리치노폴리뿐이야. 나는 담뱃재에 대해 집중적으로 연구해서 논문을 쓴 적도 있네. 자랑 같지만 궐련이든 시가든 세상에 알려진 상표라면 재만 보고도 구별할 수 있어. 이렇게 세밀한 점이 그레그슨이나 레스트레이드 같은 형사와 다른 점이라네."

"그렇다면 얼굴이 붉은 편이라는 것은?" 내가 물었다.

"아, 그건 좀 대담한 추리지만 틀림없을 걸세. 하지만 지금은 그 문제에 대해 묻지 말게나."

나는 손으로 이마를 짚었다. "현기증이 다 나는군." 내가 말했다. "생각하면 할수록 이상한 일이야. 두 명인 게 맞다면 두 남자는 어떻게 그 빈집에 들어갔을까? 그리고 두 사람을 태우고 간 마부는 어찌 되었을까? 범인은 어떻게 독을 먹였을까? 피는 어쩌다 흘렸을까? 강도가 아니라면 살인의 목적은 무엇이었을까? 여자의 반지는 왜 거기 있었을까? 무엇보다도 범인은 도망가기 전에 왜 일부러 RACHE라는 말을 벽에 썼을까? 그것도 독일어로 말일세. 솔직히 말해서 나로서는 이러한 사실을 연관 지어 설명할 수가 없어."

홈즈가 내 말에 수긍한다는 듯 웃었다. "자네는 사건을 요령 있게 간추려 말해주었네." 그가 말했다. "아직 분명치 않은 점이 많지만 중요한 사실들에 대해서는 이미 판단을 내렸어. 레스트레이드에게는 미안하지만 그가 발견한 핏자국 글씨는 이 살인을 사회주의나 비밀결사를 암시하게 하여 경찰의 눈을 속이려는 수단일세. 그건 독일인이 쓴 글씨가 아니야. 자네도 눈치챘는지 모르겠지만 그 A자가 독일식 활자체로 쓰인 것만은 확실하지만 진짜 독일인이라면 반드시 라틴 활자체를 썼을 걸세. 따라서 그것은 독일인이 쓴 것처럼 위장한 글씨라는 말이지. 수사를 엉뚱한 방향으로 유도하기 위한 책략일세. 어쨌거나 설명은 이 정도로 끝내세. 의사 선생, 알다시피 마술사가 자신의 비결을 전부 공개했다가는 별 볼 일 없는 신세가 되거든. 내 수사 방법도 지나치게 알려주었다가는 결국 자네는 나를 아주 평범한 인물에 불과하다고 결론지을 테니 말이야."

"아니, 나만은 그러지 않을 걸세." 내가 말했다. "자네의 탐정 수사가 지극히 과학적이라는 것을 잘 아니까."

내가 진심을 다해 말하자 홈즈는 기뻐서 얼굴을 붉혔다. 여자가 아름답다는 말에 민감한 것처럼 홈즈가 자기 재능에 대한 칭찬에 민감하다는 것을 나는 잘 알고 있었다.

"한 가지만 더 알려주지." 홈즈가 말했다. "에나멜 구두를 신은 남자와 코가 각진 구두를 신은 남자는 같은 마차를 타고 와서 사이좋게 마당을 걸어 들어갔네. 아마 팔짱이라도 낄 정도였을 걸세. 집에 들어가서는 방 안을 서성거리기 시작했네. 정확히 말하면 에나멜 구두를 신은 피살자는 코가 각진 구두를 신은 범인이 방 안을 왔다 갔다 하는 동안 한곳에 움직이지 않고 서 있었지. 먼지를 보면 알 수 있거든. 그 남자가 차차 흥분하기 시작했다는 것도 알 수 있네. 걸음 폭이 점점 넓어졌다는 것으로 짐작할 수 있어. 그는 서성거리며 쉴 새 없이 떠들어대다가 마침내는 언성이 높아지고 울컥 흥분이 극도에 달해서 살인을 저지르게 되었네. 이상으로 지금까지 안 사실은 모두 자네에게 이야기한 셈이고, 나머지는 추측에 지나지 않네. 조사를 시작하는 데 필요한 단서는 그런대로 갖추어진 거야. 서둘러야 해. 오늘 오후 할레 콘서트에 가서 노르만 네루다의 연주를 듣고 싶으니까 말이야."

우리가 이야기를 나누는 동안 마차는 계속해서 지저분한 거리를 달리고 있었는데, 유별나게 더러운 골목이 보이는 곳에서 마부가 마차를 세웠다. "저기가 오들리 코트입니다." 벽돌담 사이로 뚫린 골목길을 가리키며 그가 말했다. "돌아오실 때까지 여기서 기다리겠습니다."

오들리 코트는 그리 매력적인 동네가 아니었다. 좁은 골목 안으로 들어서자 판석을 깐 네모난 공터가 나왔다. 주변에는 허름한 집들이 줄지어 있었다. 우리는 더러운 아이들과 빛바랜 옷을 걸친 사람들을 지나 46번지에 도착했다. 문에는 '랜스'라는 이름이 적힌 황동 문패가 붙어 있었다. 순경은 자고 있다고 했다. 우리는 작은 응접실로 안내받았고 그가 나오기를 기다렸다.

잠시 뒤, 단잠을 방해받아서인지 부루퉁한 표정의 남자가 나타났다. "그 사건에 관한 것이라면 이미 서에 보고했는데요." 남자가 말했다.

홈즈는 주머니에서 하프 소버린(half sovereign, 영국의 반 파운드짜리 금화로 10실링에 해당되며 1917년에 폐지―옮긴이)을 하나 꺼내더니 무심한 듯 탁자 위에 올려놓고는 만지작거리며 말했다.

"보고서보다는 현장을 목격한 당신에게 직접 이야기를 들어보고 싶습니다만."

"아뇨, 알고 있는 일이라면 뭐든지 말씀드리지요." 랜스는 금화에 구미가 당긴 것이 분명했다.

"우선 당신이 본 대로만 말해보세요."

랜스는 말의 털로 만들어진 소파에 앉아 하나라도 더 생각해내기라도 하겠다는 듯 이맛살을 찌푸렸다.

"처음부터 말씀드리지요." 순경이 입을 열었다. "제 근무 시간은 밤 10시부터 아침 6시까지였습니다. 밤 11시경 화이트 하트 술집에서 한바탕 싸움질이 있었을 뿐 순찰 구역에는 별일 없었죠. 밤 1시경에 비가 오기 시작했고 해리 머처를 만났습니다. 머처는 홀랜드 그로브를 담당하고 있죠. 그리고 2시쯤에 다시 한 바퀴 돌고 브릭스턴 로드 쪽을 순찰하러 갔습니다. 그곳은 꽤 더럽고 인적도 드물었어요. 도중에 마차가 한두 대 지나간 것 말고는 아무도 보이지 않았습니다. 이건 우리들끼리 이야기입니다만, 그런 밤에는 진을 한잔 마시면 몸이 풀리겠다고 생각하며 걷고 있을 때, 바로 그 집에 불이 켜져 있는 것이 눈에 띄더군요. 저는 로리스턴 가든의 두 집이 비어 있다는 것을 알고 있었죠. 세 들어 살던 사람이 장티푸스로 죽었는데도 두 집 다 소유한 주인이 하수 시설을 설치하려 하지 않았거든요. 그런데 창문에서 불빛이 새어 나온다는 것은 뜻밖의 일이었지요. 무언가 이상하다고 생각했죠. 그래서 현관까지 갔는데….”

“현관까지 갔다가 되돌아 나왔지요.” 홈즈가 끼어들었다. “왜 그랬나요, 그때?”

랜스가 벌떡 일어서며 움찔 놀란 눈길로 홈즈의 얼굴을 살폈다.

“네, 맞습니다.” 랜스가 말했다. “그런데 그걸 어떻게 아셨죠? 아무한테도 말하지 않았는데 말입니다. 실은 현관까지 가 보니 쥐죽은 듯 집 안이 조용해서 기분이 나빴습니다. 그래서 누군가 함께 들어갈 사람을 찾으러 길가로 다시 나왔던 거지요. 살아 있는 인간이라면 어떤 자든 겁날 게 없지만, 장티푸스로 죽은 사람이 자신을 죽인 하수 시설을 살펴보러 왔을지도 모른다는 생각이 들지 뭡니까. 그런 생각을 하니 섬뜩하더군요. 그래서 다시 대문까지 나와 머처의 랜턴 불빛이 보이는지 확인했는데, 아무도 보이지 않더군요."

"그래, 길에는 아무도 없었다는 거죠?"

"사람은커녕 개 한 마리 보이지 않았습니다. 별수 없이 다시 현관 쪽으로 가서 문을 열었죠. 인기척은 없더군요. 그래서 불빛이 보이는 방으로 살금살금 다가갔습니다. 벽난로 선반 위에는 빨간 양초에 불이 켜져 있었고 바닥에는…."

"그만, 당신이 무엇을 보았는지 우리도 알고 있습니다. 당신은 방 안에서 여러 차례 맴돌았습니다. 시체 옆에서 무릎을 꿇고 있다가, 방에서 나와 부엌문이 열리는지 밀어보았겠죠. 그러고는…."

존 랜스는 놀란 얼굴로 벌떡 일어나 홈즈를 의심스러운 눈초리로 바라봤다. "어딘가에 숨어 제 행동을 모두 지켜본 게 틀림없군요!" 순경이 외쳤다. "제가 보기에 당신은 알아야 할 것 이상의 것들을 알고 있어요."

홈즈는 웃으면서 랜스에게 명함을 던져주고 말했다. "나를 범인으로 체포할 생각은 말아요." 홈즈가 말했다. "나는 사냥개이지, 늑대가 아닙니다. 그 점은 레스트레이드나 그레그슨 경위에게 물어보면 됩니다. 그래, 그다음엔 어떻게 했지요?"

랜스는 다시 자리에 앉았지만 귀신이 곡할 노릇이라는 표정이 되어 있었다. "저는 대문으로 나가 호루라기를 불었습니다. 그러자 머처와 다른 순경 둘이 현장으로 달려왔죠."

"그때에도 길가에 아무도 보이지 않았습니까?"

"예, 아무도…. 도움이 될 만한 사람은 말입니다."

"그게 무슨 뜻인가요?"

순경이 씩 웃었다. "제 근무 시간에 술 취한 사람을 많이 보는 편이지만, 그렇게 곯아떨어진 주정뱅이는 처음 봤습니다. 제가 호루라기를 부르러 나갔을 때 그자는 대문 근처에 있었죠. 난간에 기대서 〈컬럼바인의 성조기〉인지 뭔지 하는 노래를 부르고 있었습니다. 흐느적거리는 폼이 도저히 도움을 청할 만한 몰골이 아니었죠."

"어떤 사람이던가요?" 셜록 홈즈가 물었다.

랜스는 별 쓸데없는 것도 다 물어본다는 얼굴로 통명스럽게 대꾸했다. "하여간 형편없는 주정뱅이였다니까요. 그때 그런 일만 없었다면 유치장에 처박았을 겁니다."

"얼굴이나 복장은 살펴보지 않았습니까?" 홈즈가 참지 못하고 끼어들었다.

"그야 안 볼 수 없었죠. 달려온 동료와 함께 안아 일으켰으니까요. 머처와 제가 말입니다. 키가 큰 편이고 얼굴은 붉은 편인데, 얼굴 아래쪽은 머플러로 가려져 있어서…."

"네, 그거면 충분합니다!" 홈즈가 외쳤다. "그래, 그 남자는 어떻게 되었나요?"

"그 판국에 그런 사람을

돌볼 겨를이 있었겠습니까?" 순경이 화가 난 목소리로 말했다. "없어진 걸 보면 집으로 돌아갔겠지요."

"복장은?"

"갈색 코트를 입고 있었습니다."

"손에 마부용 채찍을 들고 있었을 텐데?"

"채찍? 아뇨."

"어디다 놓고 왔군." 홈즈가 중얼거렸다. "그 뒤에 마차를 보거나 마차 소리를 듣지 못했나요?"

"예."

"자, 받으십시오." 홈즈는 하프 소버린을 건네주고는 자리에서 일어나 모자를 썼다. "랜스 씨, 유감스럽지만 당신은 승진하기 어렵겠습니다. 머리가 장식물이 아닌 이상 써먹어야 할 게 아닙니까? 당신은 간밤에 진급할 기회를 놓쳤어요. 당신이 안아 일으킨 그 남자야말로 사건의 열쇠를 쥔 인물이고 우리가 찾는 인물입니다. 이제 와서 말해봐야 소용없지만 말입니다. 의사 양반, 우리는 이만 가보세."

우리는 눈만 끔벅이고 있는 정보원을 남겨둔 채 마차 쪽으로 걸음을 옮겼다.

"바보 같은 사람이야!" 마차를 타고 하숙집으로 향하면서 홈즈가 눈살을 찌푸리며 말했다. "그렇게 좋은 기회를 잡았는데 그걸 놓치다니."

"나로서는 납득이 안 가는 점이 있네. 순경이 말한 그 사람의 모습이 용의자에 대한 자네 생각과 일치하는 건 사실이지만 일단 도망갔으면 그만이지 왜 다시 돌아왔을까? 범인이라면 그러지 않잖아?"

"반지야. 그 남자는 반지 때문에 돌아온 게 분명하네. 그 남자를 달리 붙잡진 못하더라도 반지로 낚을 수는 있을 것 같네. 나는 그를 틀림없이 붙잡는다는 쪽에 두 배를 걸지. 이번 일은 자네에게 감사를 해야겠어. 자네가 아니었다면 나는 개입하지 않았을지도 모르네. 그리고 지금까지의 그 어느 것보다 흥미진진한 연구 기회를 놓쳤을 거야. 그래, 이번 사건을 '주홍색 연구'라고 부를까 하네. 우리라고 예술적 용어를 쓰지 말란 법은 없으니. 빛깔 없는 삶의 실타래 속으로 주홍색 살인의 실이 엉켜 있어. 우리의 일은 그것을 풀어 헤치고 가려내어 한 올도 남김없이 드러내는 작업이라네, 왓슨. 자, 그럼 가볍게 식사를 하고 노르만 네루다 여사의 연주나 들으러 갈까? 그녀의 연주는 기가 막히지. 그녀가 몹시 웅장하게 연주하는 쇼팽 곡이 뭐였지? 트랄랄라 리라 리라 레이."

아마추어 탐정이 마차의 등받이에 기대어 종달새처럼 지저귀는 동안 나는 인간 정신의 다양한 측면에 대해 깊은 생각에 잠겼다.

5
광고를 보고 온 손님

오후가 되자, 몸이 허약한 데다 오전 내내 돌아다닌 탓에 나는 녹초가 되어버렸다. 그래서 홈즈가 연주회에 가고 난 뒤 소파에 몸을 눕히고는 두어 시간가량 잠을 청했다. 그런데 여간해서 잠이 오지 않았다. 여러 가지 일로 신경이 곤두섰거니와 이상야릇한 상상이 꼬리를 물고 이어졌다. 눈을 감으면 살해된 남자의 원숭이처럼 일그러진 얼굴이 떠올랐다. 어찌나 인상이 사악했는지, 그런 얼굴을 제거해준 사람에게 오히려 고맙다는 느낌이 들 정도였다. 인간의 얼굴 중에 가장 사악한 악을 드러내는 얼굴이 있다면 바로 클리블랜드의 이녹 J. 드레버의 얼굴임에 틀림없었다. 하지만 정의는 밝혀져야 하고, 법의 눈으로 볼 때 살인이라는 범죄는 결코 그냥 넘어갈 수 없는 일이다.

그 남자가 독살되었다는 홈즈의 추리는 생각하면 할수록 비범해 보였다. 홈즈가 시체의 입 언저리에서 냄새를 맡는 모습이 기억났다. 독살이라는 생각을 할 만한 단서를 찾은 게 분명했다. 그런데 혹시 독살이 아니라면 사망 원인은 무엇일까? 시신에는 목을 졸린 흔적이나 상처도 없었다. 그렇다면 바닥에 흥건하던 피는 누구의 것이었을까? 이러한 여러 가지 의문이 풀리지 않는 한, 홈즈도 나도 잠이 올 것 같지 않았다. 홈즈의 자신만만한 태도로 미루어보아 홈즈는 이 모든 사실을 설명할 수 있는 가설을 이미 생각해놓은 듯했지만 나로서는 그 가설을 추측할 수 없었다.

홈즈는 늦게야 돌아왔다. 그렇게 늦은 것으로 보아 그냥 연주회에만 다녀온 것은 아닌 듯했다. 저녁 식사는 홈즈가 돌아오기 전부터 차려져 있었다.

"연주회는 굉장했다네." 자리에 앉으며 홈즈가 말했다. "다윈이 음악에 대해 뭐라고 말했는지 아나? 인류는 언어가 생기기 전부터 음악을 작곡하고 감상하는 능력이 있다고 주장했지. 우리가 음악에 이토록 영향을 받는 것도 그 때문일 거야. 이 흐릿한 세기를 살아가는 우리는 유년 시절에 대한 향수를 가지고 있는 셈이지."

"무척 거창한 생각이군." 내가 말했다.

"생각은 거창할수록 좋지. 특히 자연을 해석하고자 한다면 말이야." 홈즈가 대답했다. "그런데 자네, 무슨 문제 있나? 안색이 안 좋은데. 브릭스턴 로드 사건으로 충격이 커서 그러나?"

"사실은 그렇다네." 내가 말했다. "아프가니스탄에서 험한 꼴을 많이 보아온 터라 웬만한 일에는 마음이 흔들리는 법이 없는데 말이야. 마이완드의 전투에서 전우가 갈기갈기 찢겨져 죽는 것을 볼 때도 대범했는데."

"이해할 수 있네. 이번 사건에는 생각할수록 섬뜩한 점이 있지. 혹시 석간신문을 보았나?"

"아니."

"사건에 관해 상당히 자세한 기사가 실렸다네. 단, 시체를 들어 올렸을 때 반지가 바닥에 떨어진 사실은 빠져 있더군. 천만다행이야."

"그건 또 왜 그런가?"

"광고를 보게나." 홈즈가 대답했다. "사건 직후 오늘 아침 모든 신문에 내가 광고를 냈어."

홈즈가 신문을 건네주며 가리킨 '개인 광고란'을 보니 첫머리에 다음과 같은 광고가 나 있었다.

오늘 아침 브릭스턴 로드의 '화이트 하트' 주점과 홀랜드 그로브 사이의 길에서 금으로 된 결혼반지를 습득. 오늘 밤 8시에서 9시 사이 베이커 스트리트 221B번지의 왓슨 선생에게 연락 바람.

"자네 이름을 함부로 사용한 걸 용서하게." 홈즈가 말했다. "하지만 내 이름을 썼다가는 멍청한 경찰이 냄새를 맡고 쓸데없이 끼어들고 싶어 할 것 같아서 말이야."

"아니, 상관없네." 내가 대답했다. "하지만 누가 금반지를 찾으러 오면 어쩐다?"

"걱정할 것 없네." 홈즈가 금반지를 하나 내 손에 쥐어주었다. "이걸로 대신하면 되니까. 거의 똑같다네."

"그래, 자네는 어떤 사람이 광고를 보고 올 거라 생각하는 건가?"

"물론 갈색 코트를 입은 남자지. 불그스레한 얼굴에 앞이 각진 구두를 신은 그 남자 말일세. 만일 본인이 오지 않으면 공범자를 보낼 걸세."

"그쪽에서는 이 일이 위험하다고 생각하진 않을까?"

"천만에. 내 추리가 정확하다면, 그리고 그것이 옳다고 믿을 만한 근거가 있다면 그 남자는 어떤 위험을 무릅쓰고서라도 반드시 반지를 찾으러 올 걸세. 아마도 드레버의 시체 위에 몸을 숙였을 때 반지를 떨어뜨린 모양인데, 잃어버린 줄도 몰랐을 거야. 현장을 떠나 한참을 가다가 반지를 잃어버렸다는 것을 알고 급히 현장으로 되돌아왔지만, 촛불을 끄지 않은 실수로 이미 경찰이 와 있다는 것을 알게 된 거야. 그는 대문에서 기웃거리다가 의심을 사지 않기 위해서 술에 취한 척한 걸세. 그러다가 그는 자신이 급히 현장에서 나와 도망치다가 길가에 반지를 떨어뜨렸을지도 모른다는 생각까지 할 게 아닌가? 그렇다면 혹시나 하는 마음에 석간신문을 열심히 뒤져보겠지. 그렇게 되면 당연히 이 광고가 눈에 띌 테고 말이야. 아마 크게 기뻐할 걸세. 함정이라고 생각할 이유가 어디 있겠나? 길에서 주운 반지를 살인과 연관 지을 사람은 없을 테니까 말이야.

분명 반지를 찾으러 올 걸세. 한 시간 안으로 찾아올 거라고."

"오면 어쩔 셈인가?" 내가 물었다.

"아아, 나한테 맡기게. 내가 상대할 테니까. 혹시 무기 가지고 있나?"

"군용 리볼버 한 정과 탄약통이 몇 개 있어."

"그럼 그걸 손질해서 탄환을 채워두게. 그자는 앞뒤 가리지 않을 테니, 그자가 눈치채지 못하게 대처하겠지만 만반의 준비는 해둬야지."

나는 침실로 가서 홈즈가 지시한 대로 했다. 총을 가지고 돌아와 보니 식탁 위는 말끔히 정돈되어 있고, 홈즈는 바이올린 선율에 심취해 있었다.

"사건이 점점 흥미로워지는군." 내가 거실로 들어서자 홈즈가 말했다. "지금 막 미국에서 전보의 회신이 왔네. 내 판단이 틀림없었어."

"어떤 판단?"

"바이올린 줄을 좀 갈아야겠어." 그가 말했다. "총은 보이지 않게 간수하게. 뒷일은 나에게 맡기고, 그자가 나타나더라도 태연하게 이야기하게나. 얼굴을 자세히 살펴보거나 해서 상대방에게 불안감을 주었다가는 눈치를 챌지도 모르니 주의하고."

"이제 8시라네." 내가 시계를 보고 말했다.

"이제 곧 나타날 걸세. 살짝 문을 열어놔. 그 정도면 됐네. 열쇠는 열쇠 구멍에 꽂아 놓아주게. 고맙네. 이건 좀 특이한 고서인데 어제 노점에서 구했어.《국제법》이라는 책인데, 1642년 롤랜즈의 리에주에서 라틴어로 발행된 거야. 찰스 1세의 머리가 아직 어깨 위에 붙어 있었을 때 이 갈색 장정의 책이 나왔지."

"출판인은 누구야?"

"필리프 드크로이, 이 사람이 누군지는 잘 모르겠군. 겉장과 속표지 사이의 헛장에 '구리올미 휘테의 장서Ex libris Guliolmi Whyte'라고 빛바랜 잉크로 쓰여 있어. 윌리엄 화이트는 누군지 모르겠군. 필체에 법률가 내음이 묻어나는 걸로 봐서 17세기 실용주의 법률가인 것 같기도 해. 아, 마침내 반가운 손님이 온 모양이네."

현관 쪽에서 초인종이 울렸다. 홈즈가 조용히 일어나, 자기 의자를 문 쪽으로 옮겼다. 하인이 현관으로 나가 문을 여는 기척이 들렸다.

"여기가 왓슨 선생님이 묵는 하숙집이오?" 또렷하지만 쉰 목소리가 들렸다.

하인의 대답은 들리지 않았지만 곧 계단을 올라오는 더디고 끄는 듯한 발소리가 들려왔다. 홈즈는 그 소리에 귀를 기울이고 있다가 순간 놀란 표정을 지었다. 발소리의 주인공은 천천히 복도를 걸어와 힘없이 문을 두드렸다.

"들어오세요!" 내가 외쳤다.

그런데 방에 들어온 사람은 우리가 예상한 우락부락한 남자가 아니라 주름투성이의 노파였다. 그녀는 방 안의 밝은 불빛에 눈이 부신 듯했다. 허리를 구부려 인사를 하고는 눈을 끔벅거리며 우리를 보고 서 있다가 떨리는 손으로 주머니를 더듬거렸다. 흘끔 홈즈의 얼굴을 살펴보니 불만스러운 얼굴이었다. 나는 그저 태연한 표정을 짓고 있었다.

노파는 석간신문을 꺼내더니 우리에게 광고란을 가리켜 보였다. "저, 신사분들. 나는 이 광고를 보고 찾아 왔다오." 노파가 다시 몸을 숙여 인사하며 말했다. "브릭스턴 로드에서 주웠다는 금반지 말이오. 실은 내 딸 샐리의 것이라오. 그 애는 작년에 결혼했는데 남편은 유니언호에서 여객 계원으로 일하고 있지요. 돌아와서 그 반지를 잃어버린 것을 알게 되면 사위가 어떤 난리를 칠지 모르오. 사위란 녀석은 워낙에 성질이 거친 데다가 술이라도 마시면 말도 못 한다오. 그런데 어젯밤 딸아이가 서커스 구경을 간다고 나갔다가 그만…."

"이 반지가 따님 것이라고요?" 내가 반지를 내보이며 물었다.

"맞아요! 오, 하나님. 감사합니다." 노파가 소리쳤다. "오늘 밤 우리 샐리가 무척 신이 나겠구려. 바로 그 반지라오."

"주소가 어떻게 되십니까?" 나는 연필을 손에 들고서 물었다.

"하운즈디치 덩컨 스트리트 13번지. 여기서 꽤 멀다오."

"하운즈디치에서 브릭스턴 로드를 거쳐 보러 갈 만한 서커스는 없었을 텐데요." 홈즈가 날카롭게 말했다.

노파는 붉게 충혈된 눈으로 홈즈를 노려보다가 대답했다. "이쪽 선생님이 물어본 건 내 주소였소. 샐리는 페컴 메이필드 플레이스 3번지에 세 들어 살고 있지요."

"할머니 성함은요?"

"내 이름은 소여. 딸은 샐리 데니스, 사위 이름은 톰 데니스라오. 배를 타면 똑똑하게 굴어 신용도 괜찮은 모양이지만 육지에 올라오면 여자들하며, 술집하며…."

"자, 여기 반지 받으십시오." 나는 홈즈의 눈짓에 따라 노파의 말을 막고 말했다. "따님의 것이 확실하군요. 주인을 찾아 줄 수 있어서 기쁩니다."

노파는 감사의 말을 입속에서 우물우물하더니 반지를 챙겨 넣고는 한쪽 발을 끌면서 방문을 나섰다. 홈즈는 방문이 닫히자 곧 자기 방으로 뛰어 들어가더니 코트와 목도리를 걸치고 나왔다. "저 노파의 뒤를 밟아야겠네. 틀림없이 공범일 거야. 은신처를 알아내면 범인도 찾을 수 있겠지. 자네는 여기서 기다리고 있게나." 노파가 현관문을 닫는 소리가 들리자마자 홈즈가 뒤따라 나갔다. 창밖을 내다보니 노파가 길 건너 쪽으로 다리를 절룩이며 걷고 있었고, 거리를 두고서 홈즈가 뒤를 밟고 있었다.

"홈즈의 추론이 틀림없다면 곧 모든 수수께끼가 풀리겠군." 나는 혼잣말을 했다. 사실 홈즈는 굳이 내게 기다리라고 말할 필요도 없었다. 미행 결과를 알기 전까지는 궁금해서 잘 수가 없을 것 같았으니 말이다.

홈즈가 나간 것은 밤 9시경이었다. 언제 돌아올지 알 수 없는 일이었다. 나는 파이프로 담배 연기를 내뿜으며 앙리 뮈르제의 《보헤미안의 생활》을 뒤적였다. 10시가 지나니 잠자리에 드는 하녀의 발소리가 들렸고, 11시에는 하숙집 주인이 침실로 가는 듯 당당한 발소리가 방 앞을 지나갔다. 그리고 자정이 되어서야 마침내 열쇠로 현관문 여는 소리가 들렸다. 홈즈가 들어온 순간, 표정을 보니 그의 미행이 뜻대로 되지 않았음을 짐작할 수 있었다. 홈즈는 우습다는 생각과 분하다는 생각이 한동안 뒤범벅이 되는 표정을 짓더니, 이내 전자로 마음을 돌린 듯 낄낄 소리를 내어 웃었다.

"런던 경찰국이 절대 이 사실을 알지 못하게 해야겠어." 의자에 털썩 앉으며 홈즈가 말했다. "그동안 내가 줄곧 그들을 놀려댔으니, 이제와 이런 결과를 알려줘서는 안 되지. 하지만 내가 이렇게 웃을 수 있는 건, 어차피 최후에는 내가 그들을 이길 거라는 사실을 알기 때문이야."

"대체 어떻게 된 일인데 그러나?" 내가 물었다.

"뭐, 실패담이라고 숨길 필욘 없지. 그 노파는 한쪽 발을 절면서 한동안 걸어갔어. 발이 아픈지 꽤나 어기적거리더군. 그러더니 때마침 지나가는 사륜마차를 세웠지. 나는 노파가 행선지를 뭐라고 말하는지 들으려고 바짝 가까이 다가갔네. 그런데 그렇게 애를 쓸 필요도 없었어. 노파는 길 건너에서도 들릴 만큼 큰 소리로 '하운즈디치, 덩컨 스트리트 13번지로 가요'라고 외치더군. 나는 '적어도 그 주소는 진짜였군' 하고 생각하면서 노파가 마차 안으로 올라타는 것을 확인하고는, 마차 뒤에 살짝 매달렸네. 이건 탐정이라면 누구나 익혀두어야 할 기술이지. 마차는 덜그럭거리며 한 차례도 쉬지 않고 달렸네. 나는 그 집 앞에 도착하기 직전에 마차에서 뛰어내려 행인으로 가장하고 걷는 척했어. 곧 마차가 멈추고 마부가 내리더니 문을 열고 손님이 내리기를 기다리더군. 그런데 아무도 내리지 않는 거야. 내가 급히 가보니 마부가 텅 빈 마차 안을 들여다보며 욕설을 퍼붓고 있는 게 아닌가. 마차 안에는 노파의 그림자도 보이지 않았어. 당연히 마부는 요금을 받지 못했겠지. 13번지에 가서 물어보았더니 집주인은 케직이라는 도배업자였고, 소여나 데니스라는 이름은 들어본 적도 없다고 하는 게 아닌가."

"아니, 그게 무슨 말인가?" 나는 어안이 벙벙해 물었다. "그렇다면 그 절룩거리던 노파가 마차가 달리고 있는 동안 마부나 자네에게 들키지 않고 빠져나갔다는 건가?"

"노파라고? 천만에!" 홈즈가 날카롭게 말했다. "이렇게 쉽게 넘어가다니. 우리가 노망난 늙은이 꼴이지 뭔가. 그 노파는 젊은 남자가 변장한 것임에 틀림없어. 원기 왕성한 데다 연기력도 배우를 뺨치는 자일세. 분장술도 타의 추종을 불허할 정도지. 그자는 미행당하는 것을 알고는 마차를 이용해 나를 따돌린 걸세. 아마도 내가 노리는 상대는 한 사람이 아닌 것 같네. 스스로 위험에 뛰어드는 일당이 몇 명은 더 있는 것 같아. 그런데 왓슨, 자네 무척 피곤해 보이는군. 자, 그만 잠자리에 들게나."

사실이었다. 나는 극도의 피로를 느끼고 있었다. 침실로 물러가며 뒤돌아보니 홈즈는 벽난로에 기대앉은 채 잠들 생각을 하지 않았다. 그리고 잠시 후, 낮은 바이올린 선율이 들려왔다. 홈즈는 저렇게 밤을 새우며 이 불가사의한 사건을 생각하는 것이 틀림없었다.

6
토바이어스 그레그슨의 활약

다음 날 아침 신문에는 '브릭스턴 미스터리'라고 이름 붙인 사건 기사가 넘쳐났다. 신문마다 사건에 대한 장문의 기사와 사설까지 등장했고, 그중에는 내가 몰랐던 내용도 있었다. 나의 스크랩북에는 지금도 그때의 기사를 오려 붙인 것이 많이 남아 있는데, 그중 몇 가지를 요약하면 다음과 같다.

〈데일리 텔레그래프〉 신문에서는 범죄 사건 사상 외국인이 등장한 보기 드문 일이라고 써 있었다. 피살자가 독일 이름을 가졌다는 것, 살해 원인을 알 수 없다는 것, 벽에 피로 글자가 쓰여 있다는 것 등으로 미루어보아 정치 망명자나 혁명가에 의해 저질러진 것으로 보았다. 미국에는 무수한 사회주의자들이 있는데 피살자는 조직의 규율을 위반하여 추적당해온 것이 분명하다는 주장이었다. 벰게리히트, 아쿠아 토파나, 카르보나리 브랭빌리에 후작 부인, 다윈 이론, 맬서스의 인구 이론, 랫클리프 하이웨이 살인 사건 등을 언급한 후, 정부의 무능력함을 비판하는 한편 영국 내의 외국인에 대한 신원 파악과 감시를 강화하라고 강조하며 기사는 끝을 맺었다.

〈스탠더드〉 신문은 이와 같은 무법적인 학살 행위가 대개 자유당 정부 아래서 발생한다는 사실을 지적했다. 그런 사건은 대중의 정신이 혼란스럽고 모든 권위가 약화될 때 발생한다. 피살자는 미국인 신사로 런던에서 몇 주 동안 머물렀다. 그는 캠버웰 토키 테라스의 샤펜티어라는 부인 집에서 하숙했다. 그리고 조지프 스탠거슨이라는 이름의 비서까지 데리고 있었다. 두 사람은 이달 4일 하숙집 여주인에게 작별 인사를 하고 리버풀 행 특급 열차를 탄다고 하며 유스턴 역으로 향했다. 그 후 두 사람의 행적은 알려지지 않았고, 보도된 대로 유스턴 역에서 수 킬로미터 떨어진 브릭스턴 로드의 그 빈집에서 드레버 씨의 시신이 발견되었다. 드레버 씨가 어떻게 거기에 갔는지, 어떻게 범인과 만났는지에 대해서는 밝혀진 것이 하나도 없다. 또한 스탠거슨의 행방도 오리무중 상태다. 런던 경찰국의 레스트레이드와 그레그슨 형사가 이 사건 해결을 위해 손을 댄 것은 다행스러운 일이다. 이 유능한 두 형사가 조만간 사건의 진상을 밝혀낼 것으로 기대한다는 내용이 담겨 있었다.

〈데일리 뉴스〉 신문은 이것이 분명 정치 범죄라고 언급했다. 자유주의의 독선과 증오가 유럽 대륙의 여러 정부에 영향을 끼침으로써 영국으로 수많은 사람이 오게 되었는데, 대륙에서 험한 일들을 겪지만 않았다면 선량한 시민이 되었을 사람들이다. 그들 중에는 엄격한 신사도를 지키는 사람도 있었는데, 이를 어길 시 죽음으로 대가를 치러야 한다. 비서인 스탠 거슨을 찾고 범인에 대한 정보를 수집하기 위해 모든 노력을 기울이는 가운데 범인이 하숙한 집 주소를 알아내는 큰 수확을 거두었는데, 이것은 런던 경찰국 그레그슨 형사의 노련함과 노력 덕분이라는 내용이었다.

홈즈와 나는 아침 식사를 하며 이러한 기사를 읽었다. 홈즈에게는 그러한 기사가 가소롭기 짝이 없는 모양이었다.

"내가 뭐라고 하던가? 레스트레이드와 그레그슨은 사태가 어떻게 진전이 되든 득을 보게 되어 있다고 했지?"

"그것도 결과가 어떻게 매듭지어지느냐에 달린 게 아닌가?"

"아니, 절대 그렇지 않네. 만일 범인이 붙잡히면 '두 형사 덕분'이라는 평가가 나올 테고, 수사가 미궁에 빠져버리면 '두 수사관의 피나는 노력에도 불구하고'라는 평가가 내려질 테니. 동전 앞면이 나오면 그들이 이기고 뒷면이 나오면 내가 지는 격이지. 어찌됐거나 두 사람은 추종자를 거느리게 될 거야. 'Un sot trouve toujours un plus qui l'admire('바보는 항상 자신을 칭찬해줄 더 큰 바보를 찾는다'라는 뜻으로 프랑스의 시인 니콜라 부알로의 《시학》을 인용─옮긴이)'라는 말처럼 말이지."

"그런데 이게 무슨 소리지?" 현관을 지나 계단을 우당탕 올라오는 시끄러운 발소리가 났다. 뒤이어 하숙집 주인의 악을 쓰는 소리도 들렸다.

"베이커 스트리트 이레귤러스야." 홈즈가 진지하게 말했다. 말이 끝나자마자 문이 벌컥 열리며 더럽기 짝이 없는 누더기를 걸친 아이들 여섯이 들어왔다. 전에 본 적 있는 거리의 아이들이었다.

"차렷!" 홈즈가 외치자 여섯 명의 지저분한 꼬마들이 더러운 동상을 늘어놓은 듯 일제히 줄을 섰다. "앞으로는 위긴스 한 사람만 보고를 하러 올라오고 나머지는 밖에서 기다리도록. 위긴스, 발견했나?"

"발견하지 못했습니다, 선생님." 소년 중 하나가 대답했다.

"크게 기대한 일은 아니지만 발견할 때까지 계속하도록. 자, 일당을 주겠다." 홈즈는 소년들에게 1실링씩을 나눠 주었다. "자, 해산이다. 다음에는 쓸 만한 보고를 가지고 돌아오도록."

그러자 소년들은 쥐 떼처럼 앞다투어 계단을 뛰어 내려갔다.

"저 거지 아이 한 명이 열두 명의 경찰관 몫을 한다네." 홈즈가 말했다. "거리의 사람들은 경찰복만 보면 입을 다물고 말지. 그러나 저 아이들이라면 어디든지 갈 수 있고, 어떤 일에도 끼어들어 귀를 기울일 수 있다네. 게다가 눈치도 얼마나 빠른지 몰라. 조직화만 하면 완벽하지."

"저 아이들을 부리는 것은 이번 브릭스턴 사건 때문인가?" 내가 물었다.

"응, 확인해볼 것이 있거든. 이젠 시간문제일세. 아하! 바로 새로운 뉴스를 들을 수 있겠는걸! 그레그슨이 기쁜 얼굴로 오고 있어. 우리를 찾아온 거야. 집 앞에서 멈춰 섰군. 보게나!"

현관의 초인종이 요란하게 울리고, 잠시 후 금발의 형사가 계단을 두세 개씩 뛰어올라 거실로 들이닥쳤다. "친애하는 홈즈 씨!" 그는 무턱대고 홈즈의 손을 덥석 잡아 흔들었다. "축하해주시오! 마침내 내가 사건을 밝혀냈습니다."

표정이 풍부한 홈즈의 얼굴에 번뜩 불안한 그늘이 지는 듯했다.

"그렇다면 결정적인 단서라도 잡았다는 겁니까?" 홈즈가 물었다.

"단서가 다 뭡니까! 그 정도가 아니라 범인을 잡았다는 거죠!"

"그래요? 범인의 이름은?"

"아서 샤펜티어, 대영 제국 해군 중위입니다." 그레그슨은 가슴을 내밀고 손을 비비며 확신에 차서 외쳤다.

홈즈는 안도의 한숨을 쉬고 긴장을 풀며 웃었다.

"우선 앉으시오. 그리고 담배라도 한 대 피우며 공로담을 들어보기로 합시다. 위스키도 한잔하시겠습니까?"

"한잔해야지요. 어제와 오늘 사이에 그만한 일을 하자니 무척 피곤하군요. 물론 육체적인 것보다는 정신적인 긴장에서 오는 피로지요. 홈즈 씨라면 아실 겁니다. 우리 둘 다 머리로 일하는 사람이니까요."

"영광으로 생각합니다. 그래, 어떤 방법으로 그런 흡족한 성과를 거두셨습니까?" 홈즈는 진지한 얼굴이었다.

그레그슨은 안락의자에 깊숙이 앉아 자못 만족스럽다는 듯이 담배 연기를 내뿜더니 갑자기 우스워 못 견디겠다는 듯 무릎을 탁 쳤다.

"이거 배꼽이 빠질 일이 아니겠습니까!" 그가 외쳤다. "그 레스트레이드 얼간이 친구, 제 딴에는 한 가닥 한답시고 아주 엉뚱한 방향으로 줄달음쳤지 뭡니까. 비서인 스탠거슨을 뒤쫓고 있는 겁니다. 그 비서라는 자는 아직 태어나기도 전의 아기와 다를 바 없을 정도로 이 사건과는 관계가 없는데 말입니다. 아

마 지금쯤 스탠거슨을 잡아들이고서 의기양양해하고 있을지
도 모르지요."

그레그슨은 혼자 떠들고 혼자 낄낄 웃었다.

"그거야 어찌 됐든, 단서를 어떻게 잡게 된 겁니까?"

"아, 모두 말씀드리지요. 그런데 왓슨 선생, 당신도 이 이야
기는 비밀에 붙여주셔야 합니다. 이 사건에서 우리가 부딪힌
최초의 난관은 살해된 그 미국인의 신원 조사였습니다. 그 문
제를 해결하려면 신문 광고를 내서 반응을 기다리는 방법이
있을 수도 있고, 자발적으로 정보를 제공할 때까지 기다릴 수
도 있겠지요. 그러나 나 토바이어스 그레그슨은 그런 답답한
방법은 질색입니다. 두 분 모두 시체 옆에 모자가 떨어져 있던
것을 기억하시죠?"

"예." 홈즈가 말을 받았다. "캠버웰 로드 129번지에 있는 '존
언더우드 부자 상회'에서 만든 모자 말이군요."

그레그슨은 이 말에 풀이 죽은 듯했다.

"거기까지 알고 있다니 뜻밖입니다. 그곳에 가보셨나요?"

"아뇨."

"하!" 그레그슨은 다시 안심했다는 듯 언성을 높였다. "단서
는 아무리 사소한 것이라도 소홀히 하는 게 아닙니다."

"위대한 정신을 지닌 사람에게는 사소한 것이 없는 법이죠."
홈즈가 훈계하듯 말했다.

"아무튼 저는 언더우드 상회에 가서 이런 형태의 모자를 판
적이 있느냐고 물어봤습니다. 주인은 장부를 조사해보더니 곧

알아내더군요. 토키 테라스에 있는 샤펜티어의 하숙집에 사는 드레버 씨에게 배달했다는 것입니다. 그걸로 피살자의 주소를 알아냈지요."

"대단하십니다." 홈즈가 칭찬했다.

"저는 그 길로 샤펜티어 부인을 찾아갔습니다." 형사가 말을 이었다. "그랬더니 창백한 얼굴에 근심 어린 기색이 엿보입디다. 딸도 함께 있었는데 상당한 미인이더군요. 그 아가씨도 눈가에 눈물 마른 자국이 엿보이고, 제가 말을 걸자 입술이 떨리는 게 아니겠습니까. 제가 그런 걸 놓칠 리가 없죠. 직감적으로 무언가 있다고 생각했지요. 이제 단서는 다 잡았다는 느낌이랄까? 물론 홈즈 씨도 잘 아시겠지만, 어떤 전율 같은 것 말입니다. 저는 '클리블랜드의 이녹 J. 드레버 씨라는 하숙인이 사망했다는 이야기를 들으셨습니까?' 하고 물었죠.

부인이 고개를 끄덕이더군요. 차마 입을 여는 것이 두려운 모양이었습니다. 딸은 울기 시작했어요. 저는 이 모녀가 뭔가 알고 있다는 확신을 갖고 다그쳐 물었습니다. '드레버 씨가 기차를 타려고 떠난 시간이 몇 시였습니까?'

'저녁 8시였습니다.' 샤펜티어 부인은 마음을 진정시키려는 듯 마른 침을 삼키고 나서 대답하더군요.

'그의 비서인 스탠거슨 씨가 9시 15분발과 11시발 기차가 있다고 했어요. 그는 9시 15분차를 타려고 했어요.'

'그것이 드레버 씨를 본 마지막이었습니까?'

제가 그렇게 질문하자 부인의 얼굴이 순식간에 울상이 되었습니다. 안색이 완전히 흙빛이 되어 한참을 망설이더니 '예'라고 간신히 대답하더군요. 아주 어색한 목소리로 말이에요.

잠시 침묵이 감돌았습니다. 그러다 눈물을 거둔 딸이 각오를 한 듯 차분한 목소리로 어머니를 달래며 입을 열었습니다.

'어머니, 거짓말을 했다가는 나중에 더 난처한 입장에 빠질지도 몰라요. 있는 그대로 이야기하세요. 사실 저희는 그 뒤에도 드레버 씨를 만났습니다.'

'세상에!' 그 말에 샤펜티어 부인은 양손을 쳐들고는 의자에 털썩 주저앉았어요. '네가 네 오빠를 죽이고 말 거야.'

'아서 오빠를 위해서라도 진실을 말하는 게 좋아요.' 딸의 태도는 단호했습니다.

'맞습니다. 숨겼다가는 오히려 역효과가 납니다. 게다가 부인은 저희가 어디까지 알고 있는지도 모르지 않습니까.'

'모든 게 네 탓이다, 앨리스.' 어머니는 딸을 탓하며 나에게 얼굴을 돌렸습니다. '모두 말씀드리지요. 제가 이렇게 떠는 것은 제 아들이 이 끔찍한 사건에 관계가 있을까 봐, 그것이 걱정되어서가 아닙니다. 아들은 아무런 죄가 없어요. 단지 당신들 경찰이 의심할지도 모른다는 것이 두려웠습니다. 하지만 그런 일은 있을 수 없어요. 우리 애는 성품도 고상하고, 장교라는 신분이나 과거의 행실을 봐서도 그런 못된 짓을 저지를 아이가 아닙니다.'

'어쨌거나 가장 좋은 방법은 숨김없이 이야기하는 일입니다. 아드님에게 죄가 없다면 겁낼 게 뭐가 있습니까?'

'앨리스, 너는 자리를 비키도록 해라.' 어머니가 이렇게 말하자 딸은 밖으로 나갔습니다. 그리고 나서 어머니가 이야기를 시작했지요.

'자, 형사님' 하고 부인이 말을 이었습니다. '저로서는 입도 뻥긋하기 싫지만, 일단 말씀드리기로 작정했으니 곧이곧대로 이야기하겠어요.'

'그게 가장 현명한 길입니다.' 제가 말했습니다.

'드레버 씨는 대략 3주 동안 우리 집에 묵었어요. 비서인 스탠거슨 씨와 함께 유럽 대륙을 돌고 오는 길이라고 했지요. 트렁크마다 코펜하겐의 라벨이 붙어 있는 것으로 보아 덴마크에서 건너오셨을 거예요. 비서인 스탠거슨 씨는 조용하고 점잖은 사람이었는데, 드레버 씨는 정반대였어요. 상스럽고 잔인했죠. 그가 도착한 그날 저녁에도 술에 취해 있었습니다. 정오만 넘으면 맨정신인 날이 없더군요. 그뿐이 아니라 가정부에게 집적거리기도 했습니다. 며칠이 지나니까 이번에는 제 딸 앨리스에게까지 눈독을 들이더군요. 몇 번이고 몹쓸 말로 수작을 부리곤 했는데, 다행히도 앨리스가 순진해서 무슨 말인지 못 알아들었죠. 한번은 앨리스를 껴안은 적도 있어요. 보다 못해 비서인 스탠거슨 씨가 신사답지 못한 짓이라고 충고할 정도였지요.'

'그런데 왜 참으셨습니까? 하숙하는 사람이 마음에 안 들면 내보낼 수도 있는 일이 아닙니까?' 제가 물었습니다.

당연한 질문에 샤펜티어 부인은 얼굴을 붉히며 답변했습니다.

 '매정하게 그랬어야 옳았지요' 하고 부인이 말했습니다. '하지만 돈에 끌린 겁니다. 요즘 같은 불경기에 한 사람당 하루 1파운드, 그러니까 일주일이면 둘이 14파운드였어요. 나는 과부인 데다가 해군에 가 있는 아들에게도 이런저런 돈이 듭니다. 그래서 그 정도의 돈을 외면할 수가 없었어요. 그게 저의 최선이었지요. 하지만 앨리스를 껴안은 건 정말 심했어요. 그래서 저는 방을 빼달라고 했고, 마침내 그분들은 떠나게 된 겁니다.'

 '그래서요?'

 '짐을 싣고 마차가 떠나자 가슴이 후련했습니다. 때마침 아들이 휴가를 얻어 집에 돌아왔습니다만 드레버 씨에 대한 일은 입 밖에도 내지 않았습니다. 그 애는 욱하는 성질이 있는데다가 여동생을 무척 아끼거든요. 하여간 두 사람이 떠나고 나니 그제야 묵었던 체증이 내려간 기분이었죠. 그런데 이게 어찌 된 일인지 한 시간도 안 되어 초인종이 울리고 드레버 씨가 다시 돌아온 겁니다. 무슨 일인지 흥분되어 있고 술까지 잔뜩 취해 있었어요. 저와 딸이 있는 방까지 억지로 밀고 들어와 기차를 놓쳤다며 횡설수설하더니, 난데없이 앨리스에게 청혼을 하는 거예요. 같이 떠나자면서 이렇게 말했죠. '아가씨는 이제 성인이니까 법적으로 아무 문제가 없어. 돈이야 나한테 남아돌아. 자, 저 할망구 같은 어머니는 신경 쓰지 말고 어서 같이 떠나자. 공주처럼 살게 해줄게.' 눈이 휘둥그레진 앨리스가 겁을 집어먹고 뒷걸음질 치자, 그는 딸의 손목을 움켜잡더니 현관으로 끌고 갔어요. 저는 비명을 질렀고, 그 소리에 우리 아들 아서가 방에서 달려왔죠. 다음에는 무슨 일이 벌어졌는지 정신이 없었어요. 현관 쪽에서 무슨 맹세를 하는 소리가 들리고 달아나는 소리도 들렸어요. 잠시 뒤, 아서가 몽둥이를 들고 부엌 문간에 나타나더니 웃으며 말하더군요. '어머니, 그 작자는 이제 다신 우리 집에 얼씬도 못 할 겁니다. 혼쭐을 내줬으니까요. 하지만 뒤쫓아 가서 뭘 하는지 좀 살펴봐야겠어요.' 아서는 그 길로 모자를 집어 들고 밖으로 나갔어요. 그리고 다음 날 아침, 우린 드레버 씨가 살해당했다는 기사를 신문에서 보게 된 거죠.'

샤펜티어 부인은 진술하는 내내 한숨을 쉬고 생각에 잠기며 때로는 기어들어가는 목소리가 되어 알아듣기 힘들 정도였습니다만, 부인이 한 말을 속기로 받아 적었으니 이야기는 틀림없는 사실입니다."

"흥미롭군요." 홈즈가 지루하다는 듯 말했다. "그래서 어떻게 하셨습니까?"

"부인의 이야기를 종합해보건대 한 가지만 확인하면 모든 실마리가 풀릴 것이라 생각했습니다. 그래서 저는 핵심을 찔렀지요. '아드님은 몇 시에 들어왔습니까?'라고.

'모르겠어요.' 부인이 대답했습니다.

'모르다니요?'

'아서는 집 열쇠를 가지고 있거든요. 직접 열고 들어왔죠.'

'부인이 잠든 뒤였나요?'

'네.'

'몇 시쯤에 주무셨습니까?'

'11시쯤이요.'

'그렇다면 아드님은 적어도 두 시간 이상 밖에 나가 있었군요?'

'네.'

'4시나 5시에 들어왔을 수도 있겠군요?'

'네.'

'그동안 무얼 하고 있었을까요?'

'모르겠어요.' 부인은 하얗게 질린 채 대답했습니다.

물론 그 이상 물어볼 것도 없었습니다. 나는 샤펜티어 중위가 있는 곳을 찾아내어 부하를 데리고 가서 체포했습니다. 내가 어깨에 손을 얹자 중위는 뻔뻔하게 이렇게 말하더군요. '그 불한당 같은 드레버의 죽음과 관련된 혐의로 나를 체포하려는 거군.' 저는 드레버에 대해서는 한마디도 내뱉지 않았는데 말입니다. 이거야말로 도둑이 제 발 저린 격이지요. 그것만으로도 혐의는 충분하다고 생각합니다."

"그렇겠군요." 홈즈가 말했다.

"중위는 드레버를 쫓아갈 때 가져갔다고 한 무거운 몽둥이를 여전히 가지고 있었습니다. 단단한 참나무 곤봉 말입니다."

"그래, 당신의 가설은 뭐요?"

"그러니까, 제 추리로는 중위가 브릭스턴 로드까지 드레버를 뒤쫓아갔다는 겁니다. 거기에서 두 사람은 한바탕 싸움이 붙었겠지요. 그러다가 드레버가 몽둥이에 일격을 당했는데 복부에 맞았기 때문에 상처 하나 없이 죽은 겁니다. 더구나 그날 밤에는 비 때문에 인적이 드물었고, 덕분에 샤펜티어 중위는 시체를 끌고 그 빈집으로 들어갈 수 있었겠지요. 촛불과 핏자국 그리고 벽에 쓴 글씨나 반지 등에 대해 말하자면 그것은 모두 경찰을 낚으려는 속임수일 겁니다."

"정말 훌륭합니다." 홈즈는 그레그슨을 치켜세우듯 박수를 치며 말했다. "아주 잘하고 있군요. 그레그슨, 우리는 앞으로 당신의 활약을 기대하겠습니다."

"자랑처럼 들리겠지만, 솔직히 제가 이번 일을 멋지게 해냈다고 생각합니다." 형사는 뿌듯하다는 듯이 말했다.

"샤펜티어 중위는 시키지도 않은 이야기를 하더군요. 드레버를 한참 뒤쫓고 있는데 그자가 마차를 불러 세워서는 허둥지둥 도망가더라나요. 그래서 집으로 돌아오다가 옛 선원 친구를 만나 이야기를 나누며 한참 걸었다는 겁니다. 그래서 그 친구의 주소를 물었더니 고개만 갸우뚱할 뿐 선뜻 대지 못하더군요. 이번 사건은 처음부터 끝까지 뻔합니다. 저는 헛다리만 짚고 있을 레스트레이드를 생각하면 웃음이 절로 나옵니다. 전혀 엉뚱한 방향으로 내달리고 있으니까요. 이런, 호랑이도 제 말 하면 온다더니!"

레스트레이드가 나타났다. 우리가 이야기를 나누는 동안 어느새 계단을 올라 방 안에 들어온 형사는 평상시와 달리 자신

에 찬 모습이 아니었다. 수면 부족으로 푸석해진 얼굴에, 잔뜩 풀이 죽어 있었고, 옷도 엉망이었다. 동료 그레그슨을 보고 당황한 것으로 보아 그는 홈즈에게 조언을 구하러 온 것이 분명했다. 거실 한가운데 우두커니 서서 모자만 만지작거리던 형사는 간신히 입을 열었다. "이번 사건처럼 힘에 겨운 일은 처음입니다. 정말 이해가 되지 않아요."

그 말에 그레그슨이 의기양양하게 외쳤다. "그런가, 레스트레이드? 그런 결론을 내릴 줄 진작 알았지. 그래, 비서인 조지프 스탠거슨은 찾아냈나?"

"조지프 스탠거슨은…." 레스트레이드는 침통하게 말했다. "오늘 아침 6시에 핼리데이 프라이빗 호텔에서 살해되었습니다."

7
어둠 속의 빛

레스트레이드가 입 밖에 낸 말은 너무나 뜻밖이었기에 우리 세 사람은 말문이 턱 막히고 말았다. 그레그슨은 너무 놀라 일어서다가 마시다 만 위스키 잔을 엎을 정도였다. 나는 살며시 홈즈의 표정을 살펴보았다. 홈즈는 입술을 깨물면서 얼굴을 찌푸리고 있었다.

"스탠거슨까지!" 홈즈가 중얼거렸다. "상황이 점점 흥미진진해지는군."

"그러잖아도 충분히 흥미진진했습니다." 레스트레이드가 의자를 잡으며 툴툴거렸다. "마치 전쟁터에서 작전 회의를 하는 기분입니다."

"그, 그 얘기, 정말 확실한 건가?" 그레그슨이 말을 더듬었다.

"스탠거슨의 호텔 방에서 곧장 이리로 오는 길이라네. 내가 시신을 최초로 발견했지." 레스트레이드가 말했다.

"실은, 지금 그레그슨 경위에게서 이 사건에 대한 의견을 듣고 있었습니다만." 홈즈가 말했다. "이번에는 당신이 무엇을 보고, 무엇을 했는지 이야기해주시겠습니까?"

"네, 그렇게 하죠." 레스트레이드는 의자에 앉으며 이야기를 시작했다. "솔직히 말하면, 저는 스탠거슨이 드레버의 죽음과 관련이 있다고 생각했습니다. 그런데 사건이 새로운 방향으로 접어들고 보니 제 생각이 잘못되었다는 걸 알았습니다. 어쨌거나 그동안 저는 스탠거슨이 범인이라 생각하고 그자의 행방을 찾는 데 전력을 기울였습니다. 그 두 사람이 3일 저녁 8시 30분경 유스턴 역에 함께 있던 것이 목격되었고, 새벽 2시에 드레버가 브릭스턴 로드에서 발견되었습니다. 저는 스탠거슨이 8시 30분부터 범행 시각이 될 때까지 무엇을 했는지, 범행 뒤에는 어디로 갔는지 조사하기로 마음먹었지요. 우선 리버풀에 전보를 쳐서 스탠거슨의 인상착의를 알려주고 혹시 미국행 배에 승선하진 않는지 주시하라고 지시했습니다. 그러고 나서 유스턴 역 부근의 호텔이나 하숙집을 이 잡듯이 뒤졌습니다. 제 생각으로는, 역에서 두 사람이 헤어졌다면 그날 밤은 역 근처에서 묵고 다음 날 아침에 역에 나타나리라 예상했으니까요."

"두 사람이 미리 만날 장소를 정해놓았을 수도 있죠." 홈즈가 말했다.

"이제 보니 그 말이 맞습니다. 어제저녁 내내 역 주변을 뒤졌는데 아무런 성과가 없었어요. 그래서 오늘 아침 일찍부터 수소문하며 돌아다니다가 8시경에 리틀 조지 스트리트의 헬

리데이 프라이빗 호텔에 도착했습니다. 호텔에 스탠거슨 씨가 묵고 있는지 묻자 곧장 그렇다는 대답을 들었습니다.

'아, 스탠거슨 씨가 기다리던 분이 오셨군요. 이틀 전부터 신사 한 분을 기다렸답니다.'

'그는 지금 어디에 있습니까?' 내가 물었습니다.

'지금쯤 주무시고 계실 겁니다. 9시에 깨워달라고 부탁했거든요.'

'방으로 안내해주십시오.'

제가 예고도 없이 나타나면 스탠거슨이 당황해서 모든 것을 털어놓으리라고 생각했습니다. 호텔 구두닦이가 저를 객실로 안내해주었죠. 그의 방은 3층에 있었고, 작은 복도를 지나가야 했습니다. 구두닦이가 방을 알려주고 되돌아서 내려가려는 순간, 문가에 역겨운 것이 눈에 띄었습니다. 경찰 생활 20년차인 제가 봐도 등줄기가 오싹해지는 광경이었죠. 객실 문 아래로 한 줄기 핏물이 빨간 리본처럼 흘러나와, 작은 연못처럼 괴어 있는 겁니다. 제가 소리를 지르자 구두닦이도 돌아와 보곤 넋을 잃고 말았죠. 문은 안쪽에서 잠겨 있었지만 둘이서 어깨로 밀어 박차고 들어갔습니다. 안으로 들어가 보니 창문이 열려 있고, 어질러진 근처에 잠옷 차림의 시신이 엎어져 있었습니다. 이미 숨이 끊어지고 손발이 굳어 있는 것으로 보아 사망한 지 한참 지난 상태였어요. 시신을 돌려 구두닦이에게 확인시키자 투숙한 스탠거슨이 맞다는 겁니다. 사망 원인은 왼쪽 가슴에 깊이 난 상처로, 심장을 관통한 게 분명했습니다. 그런데 이 사건에서 가장 이상한 부분을 말씀드리지요. 피살자의 시신 위쪽에 뭐가 있었을 것 같습니까?"

다음 말을 듣기도 전에 나는 온몸을 타고 흐르는 소름을 느꼈다.

"피로 '라헤RACHE'라고 써놓았겠지." 홈즈가 말했다.

"맞습니다." 놀란 레스트레이드가 대답한 뒤, 우리는 잠시 침묵에 잠겼다.

정체 모를 범인의 행동은 무척 체계적이면서도 난해했기에 더욱 으스스하게 느껴졌다. 전쟁터에서 충분히 단련된 나조차도 이번 사건은 생각하면 할수록 소름이 끼쳤다. "그런데 범인을 목격한 사람이 있습니다." 레스트레이드는 말을 이었다.

"우유 배달을 하는 소년인데, 우연히 호텔 뒷골목을 지나가고 있었다고 하더군요. 늘 그곳에 가로놓여 있던 사다리가 3층에 걸려 있고 창문이 열려 있더랍니다. 몇 발자국 걸음을 옮기다가 이상하다 싶어 뒤를 돌아보니 한 남자가 사다리를 타고 내려왔다는 거예요. 휘파람을 불며 너무나도 태연하게 내려오기에 목수나 가구장이라고 생각했다는 겁니다. 일을 하기엔 다소 이른 시각이라고 내심 생각은 했다지만요. 그 남자는 키가 크고 얼굴이 붉고 긴 갈색 외투를 입고 있었다고 했습니다. 어쨌거나 범인은 살인을 한 뒤 한동안 현장에 머물러 있던 게 분명합니다. 세면대에서 손을 씻어 핏물을 묻혀놓았고, 시트에는 피 묻은 칼을 닦은 흔적이 있었거든요."

범인의 인상착의가 홈즈가 예상한 범인과 일치했기에 나는 홈즈를 슬쩍 쳐다보았다. 그러나 그의 얼굴에서 득의양양한 표정은 찾아볼 수 없었다.

"방 안에서 범인을 찾을 단서가 될 만한 것은 아무것도 없던 가요?" 홈즈가 물었다.

"없었습니다. 스탠거슨의 주머니에서 드레버의 지갑이 발견되었지만 그가 늘 드레버를 대신해 돈을 지불했기에 이상한 점은 아니니까요. 지갑 속에는 80파운드의 지폐가 가득 들어 있었는데 도둑맞은 흔적은 없었습니다. 이로써 두 번에 걸친 살인 사건의 동기가 무엇인지는 모르지만 적어도 절도가 아닌 것만은 확실해졌습니다. 그리고 스탠거슨의 주머니에 서류나 메모는 없었고 한 달 전에 클리블랜드에서 발신한 전보가 한 통 있었습니다. 전보의 내용은 'J. H.는 유럽에 있음'이었는데 발신자의 이름은 없습니다."

"그 밖에 다른 점은?" 홈즈가 물었다.

"딱히 이렇다 할 건 없습니다. 스탠거슨이 잠들기 전에 읽은 것으로 보이는 소설책이 머리맡에 놓여 있었고 의자 위에는 파이프가 하나 있었습니다. 탁자 위에는 물이 한 잔 있었고 창틀에는 알약 두 개가 담긴 작은 나무 약상자가 있었습니다."

그 말을 들은 홈즈가 의자에서 벌떡 일어나며 탄성을 질렀다.

"마지막 연결 고리야! 드디어 사건을 해결했습니다." 홈즈가 환호했다.

두 형사는 갑작스러운 홈즈의 외침에 어안이 벙벙한 표정이 되었다.

"무척 복잡하게 얽힌 사건이었으나 마침내 그 실마리가 풀렸습니다." 홈즈가 자신만만하게 말했다. "물론, 자세한 점은 이제부터 조사로 보완해나가야겠지만 중요한 사실은 파악했습니다. 드레버가 역에서 스탠거슨과 헤어진 순간부터 스탠거슨이 시신으로 발견되기까지의 구체적인 행보가 눈앞에 선명하게 펼쳐지는군요. 제가 어느 정도까지 알고 있는지 증거를 한번 보여드리죠. 혹시 그 알약을 가지고 오셨습니까?"

"여기 있습니다." 레스트레이드가 작고 하얀 상자를 꺼내며 말했다.

"경찰서에 안전하게 보관하려고 지갑과 전보 등을 챙겨왔습니다. 이 알약은 사실 별로 중요한 것 같지 않아 챙기고 싶지 않았지만요."

"이리 주십시오." 홈즈가 말했다. "자, 의사 선생. 이게 보통 알약 같은가?"

분명 아니었다. 은회색의 작고 둥근 알약을 빛에 비춰 보니 투명했다. "가볍고 투명한 것으로 보아 물에 잘 녹겠는걸." 내가 말했다.

"그렇군." 홈즈가 대답했다. "자네, 오랫동안 아팠던 그 주인집 테리어를 데려와주겠나? 하숙집 주인이 어제 자네한테 안락사를 시켜달라고 부탁한 그 개 말이야."

나는 곧 아래층으로 내려가 개를 안고 올라왔다. 숨소리가 거칠고 눈빛이 흐린 것으로 보아 죽을 때가 임박한 것 같았다.

주둥이가 하얀 것만 봐도 이미 평균 수명을 넘겼다는 사실을 알 수 있었다. 나는 테리어를 양탄자 위에 내려놓았다.

"그럼 이 알약을 반으로 자르겠습니다." 홈즈는 주머니칼을 꺼내면서 말했다. "반쪽은 다음을 위해 상자에 다시 보관하기로 하고. 자, 이 알약 반쪽을 와인 잔에 넣고 물에 타봅시다. 왓슨 선생의 말대로 잘 녹는군요."

"그래, 그게 스탠거슨이 칼에 찔려 죽은 것과 무슨 관계가 있다는 겁니까?" 레스트레이드는 놀림을 당한다고 생각했는지 볼멘소리로 말했다.

"아, 너무 조급해하지 마세요! 조금만 있으면 관계가 깊다는 것을 곧 알게 될 겁니다. 자, 테리어가 먹기 좋게 우유를 약간 타서 이것을 접시에 담아주면 잘 먹을 겁니다."

홈즈는 이렇게 말하며 접시를 개의 코끝에 놓았다. 테리어는 그것을 깨끗이 핥아 먹었다. 우리는 홈즈의 진지한 태도에 이끌려 놀라운 변화가 일어날 것을 기대하면서 뚫어지게 개를 지켜보았다. 그러나 놀라운 변화는 일어나지 않았다. 개는 여전히 거친 숨을 몰아쉬고 빛을 잃은 눈으로 우리를 둘러보고 있을 뿐이었다. 알약을 먹은 결과가 개의 병에 좋지도 나쁘지도 않은 영향을 끼친 것이 분명했다.

홈즈는 시계를 꺼내 들고 있었는데, 시간이 지남에 따라 실망하는 기색을 보였다. 아랫입술을 깨물고 손가락 끝으로 탁자를 톡톡 소리 내어 두드리는 모습이 초조해 보였다. 나는 그런 홈즈의 모습이 안쓰러웠지만, 두 형사는 홈즈가 난처한 입장에 빠진 것이 고소한 모양인지 조소를 띠고 있었다.

"절대로 우연의 일치일 리가 없어!" 마침내 홈즈는 자리를 박차고 일어나 미친 듯이 방 안을 서성이기 시작했다. "단순한 우연으로 일어날 일이 아니야. 드레버의 가방 안에 있을 거라고 예상한 그 알약이 스탠거슨이 죽은 뒤 실제로 발견되었어. 그런데도 이 약에는 독이 없다? 이게 어떻게 된 일까? 내 추리가 틀렸을 리는 없어. 그럴 리가 없는데도 개는 멀쩡하다? 아, 알았다! 이제 알았다!" 홈즈는 탄성을 지르며 다른 알약을 집어 들더니 반으로 잘라 물에 녹이고 우유를 탄 뒤 테리어의 코끝에 놓았다. 그것이 테리어의 최후였다. 불쌍한 개가 액체를 혀로 한 번 핥는 순간 마치 감전이나 된 듯 네 발을 격렬하게 버둥거리다 뻣뻣하게 굳어버린 것이다.

홈즈는 크게 숨을 내쉬며 이마의 땀을 닦았다. "나 자신을 좀 더 믿어야 했어." 그가 말했다. "어느 하나의 사실이 추리한 바로부터 어긋나 보일 때는 반드시 다른 각도에서 해석할 필요가 있지요. 상자 속에 있던 두 개의 알약 중 하나는 독이 없지만, 다른 하나에는 맹독이 들어 있었던 겁니다. 상자를 보기 전에 그 정도는 알아챘어야 했는데."

홈즈의 그런 추리가 어찌나 놀랍게 들렸던지 나는 그가 제정신으로 말하고 있는지조차 의심스러웠다. 하지만 발밑에 놓인 죽은 개는 홈즈의 추리가 옳다는 것을 증명하고 있었다. 나는 머릿속에 꽉 차 있던 안개가 한 가닥씩 걷히고 희미하게나마 사건의 진상이 보이는 듯한 기분이 들었다.

"이 모든 것이 당신들에게는 이상하게 보일 겁니다." 홈즈가 말을 이었다. "처음 수사가 시작될 때 무엇보다 정확한 단서가 하나 있었는데, 여러분은 그 중요성을 그냥 지나치고 말았으니까요. 저는 다행히 그것을 놓치지 않았고 그 뒤에 일어난 새로운 상황에서 제 가설이 옳았다는 것을 확인했죠. 당신들을 헷갈리게 하고 사건을 더욱 오리무중으로 만들었던 것들이 제게는 오히려 빛이 되어 올바른 결론을 내리는 데 도움이 되었죠. 원래 극히 평범한 범죄가 오히려 해결하기 어려운 법입니다. 그런 범죄에는 추리의 실마리가 될 만한 특이하고 유별난 점이 없기 때문이지요. 피살자의 시신이 단순히 길거리에서 발견되었다면 이 사건을 해결하는 것이 더욱 어려웠을지도 모릅니다. 그러나 기묘한 점이 있었기에 해결이 어려워지기는커녕 오히려 쉬워진 것이지요."

그레그슨은 홈즈의 강의에 신경질적인 반응을 보이더니 마침내 못 참겠다는 듯이 말했다. "이봐요, 셜록 홈즈 씨. 댁의 머리가 비상해서 독특한 방식으로 수사를 진행한다는 것은 인정합니다. 그러나 우리가 지금 필요한 것은 단순한 이론이나 설교가 아닙니다. 범인을 붙잡느냐가 문제죠. 저도 나름대로 판단해봤지만 아무래도 틀린 일 같습니다. 이론만 가지고는 범인을 체포할 수 없으니까요. 샤펜티어는 이 두 번째 사건에 연루되었을 리가 없습니다. 레스트레이드는 자기가 범인이라고 생각한 스탠거슨을 쫓았는데 그 역시 헛다리였고요. 홈즈 씨가 여기에서 슬쩍, 저기에서 조금, 의미가 있음 직한 말을 비치는 것으로 보아 우리보다 조금은 더 많은 사실을 알고 있는 것 같은데 이만큼 애닳게 했으면 슬슬 털어놓으실 때도 되지 않았습니까? 그래, 홈즈 씨는 범인의 이름이라도 댈 수 있습니까?"

"그레그슨 형사의 말이 옳다고 생각합니다." 레스트레이드도 거들었다. "우리는 저마다 노력했지만 결국 실패했습니다. 아까부터 당신은 필요한 증거를 모두 손에 넣었다고 말하던데, 감질나게 하지 마시고 속 시원히 밝혀주시지요."

"범인 체포가 지연되면 또 다른 희생자가 생길 수도 있지 않은가!" 나도 가만히 있을 수 없었다.

이렇게 셋이 다그치자 홈즈는 마음이 흔들리는 것 같았다. 생각에 몰두해 있을 때의 버릇대로 고개를 숙이고 미간을 찌푸린 채 방 안을 오락가락하다가 갑자기 걸음을 멈추더니 우리를 바라보았다.

"더 이상의 살인은 없을 겁니다." 마침내 그가 입을 열었다. "그건 걱정하지 않아도 됩니다. 범인의 이름을 댈 수 있느냐고 질문하셨는데, 저는 알고 있습니다. 하지만 범인의 이름을 알아내는 것보다 체포하는 것이 더욱 중요합니다. 하기야 체포하는 일도 눈앞에 다가왔습니다. 저는 이미 범인을 체포할 수 있도록 손을 써두었고 예정대로 잘될 것으로 믿고 있습니다. 하지만 우리가 상대하고 있는 범인은 대단히 교활하고 위험한 자이며, 민첩하기 짝이 없는 일당을 거느리고 있으므로 신중에 신중을 기해야 합니다. 하지만 적어도 자기를 잡아들일 만한 단서를 확보했다는 사실을 알지 못하는 한 충분히 체포할 수 있습니다. 그러나 범인이 조금이라도 낌새를 챘다가는 바로 이름을 바꾸고 이 대도시의 400만 인구 속으로 섞여 들어가고 말 겁니다. 당신들의 기분을 상하게 하고 싶진 않지만, 이번 사건의 범인은 경찰이 다룰 수 있는 상대가 아닙니다. 그러기에 당신들에게 도움을 청하지도 않았습니다. 그래서 혹시나 실패하게 되면 그 책임은 제가 져야겠지요. 그만한 각오는 이미 하고 있습니다. 그러니 제가 취한 작전을 당신들에게 털어놓아도 무방할 단계가 되면 그때 이야기하겠습니다."

두 형사는 이런 약속을 전혀 반가워하는 것 같지 않았다. 약속이라기보다는 경찰을 무시하는 발언이었기 때문이다. 그레그슨의 얼굴이 뻘겋게 달아오르고, 레스트레이드는 궁금증과 분노로 두 눈이 번들거렸다. 그러나 그들의 감정이 폭발하기 전에 밖에서 누군가 문을 두드리는 소리가 들렸고, 거리의 부랑아들 대표인 위긴스가 꾀죄죄한 모습으로 나타났다.

"선생님, 마차를 밖에 대기시켜놓았습니다." 위긴스가 굽신거리며 말했다.

"수고했다." 홈즈가 말했다. "그런데 경찰에서는 왜 이런 신식 수갑을 쓰지 않죠?" 홈즈는 서랍에서 꺼낸 강철 수갑을 움직여 보이며 물었다. "이 스프링이 얼마나 멋지게 작동하는지 보십시오. 이렇게 순식간에 수갑을 채울 수 있죠." 홈즈의 눈이 빛났다.

"구식으로도 충분합니다." 레스트레이드가 씹어뱉듯 말했다. "수갑을 채울 범인만 찾을 수 있다면 말이오."

홈즈가 미소를 머금고 말했다

"그야 그렇겠지요." 홈즈가 씩 웃으며 말했다. "짐 싸는 일을 마부에게 거들어달라고 하는 게 좋겠군. 위긴스, 가서 마부를 이리로 데리고 오도록 해라."

나는 홈즈가 여행이라도 떠날 듯 말하는 것을 듣고 놀랐다. 그런 말을 한 적이 한 번도 없었기 때문이다. 홈즈는 방에 있던 작은 여행 가방을 끌어내서 묶기 시작했고, 마부가 방에 들어왔을 때 그는 바삐 짐을 꾸리고 있었다.

"마부, 수고스럽겠지만 이 고리를 채우게 도와주시오." 홈즈는 무릎으로 가방을 누르면서 돌아보지도 않고 말했다.

마부는 무뚝뚝한 얼굴로 가까이 다가와서 도와주려고 양손을 아래로 뻗었다. 그 순간, '찰칵' 하는 날카로운 금속성 소리와 함께 홈즈가 몸을 벌떡 일으키며 말했다.

"여러분! 드레버와 조지프 스탠거슨을 살해한 범인, 제퍼슨 호프를 소개합니다!"

모든 일은 눈 깜짝할 사이에 일어났다. 무슨 일이 일어났는지 미처 분간할 수도 없을 만큼 빠른 시간이었다. 나는 그때의 광경을 지금도 잊을 수가 없다. 홈즈의 자신에 찬 표정과 쟁쟁한 목소리, 마치 마법처럼 나타나 두 손목에 채워진 수갑을 쳐다보며 황당해하는 마부의 험상궂은 얼굴이 지금도 눈에 선하다. 잠시 우리는 석상처럼 꼼짝도 하지 못하고 서 있었다. 그러나 다음 순간, 마부의 얼굴이 일그러지며 자신의 어깨를 움켜

잡고 있는 홈즈의 손을 뿌리치더니 창문을 향해 몸을 날렸다.
유리창이 박살 났지만 마부가 추락하기 전에 그레그슨, 레스
트레이드 그리고 홈즈가 마부를 덮쳤다. 마부는 방 안쪽으로
끌려오면서 몸부림을 쳤다. 그의 황소 같은 힘에 우리 네 사람
은 몇 번이나 나뒹굴어야 했다. 마부는 발작을 일으킨 사람처
럼 힘이 셌다. 마부의 얼굴과 손은 유리 파편에 찢겨 피가 흐
르고 있었지만 그는 조금도 굴하지 않고 저항했다. 레스트레

이드가 그의 목도리 속으로 손을 집어넣어 목을 조르고 난 뒤에야 단념한 태도를 보였다. 마부의 팔과 다리를 결박한 우리는 그제야 안심할 수 있었다. 우리는 가쁜 숨을 몰아쉬며 일어섰다.

"자, 여러분. 우리에게는 호프 씨의 마차가 있습니다." 홈즈가 말했다. "경찰국으로 호송하는 데 이 마차를 씁시다" 하고 웃으며 말했다. "자, 신사 여러분. 이걸로 이번 사건도 마무리가 되었습니다. 궁금한 것이 있으면 뭐든 물어보십시오. 이제 아무런 위험이 없으니 이야기하라면 기꺼이 다 말씀드리겠습니다."

제2부

성도들의 나라

Sherlock
Holmes

1
알칼리 대평원에서

거대한 북아메리카 대륙의 중앙부에는 들어서고 싶지 않은 황량하게 메마른 사막이 있다. 이 사막은 오랫동안 문명의 진보를 막는 장벽이었다. 시에라 네바다에서 네브래스카까지, 북쪽 옐로스톤 강에서 남쪽 콜로라도 강까지가 이 침묵의 사막 지역이다. 그러나 이 혹독한 지역 전체에 걸쳐 자연이 다 같은 모습을 하고 있는 것은 아니다. 봉우리에 눈이 쌓인 높다란 산과 어둡고 음울한 골짜기가 있고, 거친 협곡 사이로 흐르는 강과 겨울이면 눈으로 뒤덮였다가 여름이 되면 소금기가 섞인 먼지에 덮이는 넓은 평원도 있다. 이 모든 것에는 황량하고 혹독하고 비참해 보인다는 공통점이 있었다.

이 절망의 땅에는 아무도 살지 않는다. 이따금 포니 족이나 블랙풋 족 인디언 무리가 다른 사냥터를 찾아 때때로 지나갔을 수는 있다. 그러나 아무리 용감한 사람이라도 이 음산한 평원을 벗어나 한시바삐 초원으로 돌아가고 싶어 했다. 관목 사이에는 코요테가 숨어 있고, 대머리 독수리가 맹수처럼 하늘을 활보하고 있다. 어두운 골짜기에서는 회색 곰이 요란하게 바위 사이에서 먹이를 찾아다닌다. 이 황야의 유일한 거주자들이다.

특히 시에라 블랑코 산맥 북쪽의 비탈에서 보이는 풍경만큼 황막한 것은 없다. 시선이 닿는 곳은 모두 평평한 대평원이 이어져 있고 온통 소금 가루로 뒤덮여 있었으며 난쟁이 떡갈나무 덤불이 듬성듬성 자라고 있을 뿐이었다. 멀리 지평선 끝에 펼쳐진 산맥은 험준한 봉우리마다 눈이 덮여 있다. 드넓은 이 지역에서 생명의 흔적은 찾아볼 수 없다. 시퍼런 하늘에는 새 한 마리 보이지 않고 거무튀튀한 대지에는 그 어떤 움직임도 없다. 오직 침묵만이 흐르고 아무리 귀 기울여 들으려 해도 소리 한 자락 들리지 않는다. 그저 적막하다. 마음이 가라앉는 적요함뿐이다.

어떤 생명체도 찾아볼 수 없는 곳이라 말했지만 사실이 아닐지도 모른다. 시에라 블랑코에서 굽어보면 사막을 가로지른 한 줄기 길이 보인다. 구불구불한 이 길은 지평선 저쪽으로 이어 닿아 있다. 많은 모험가의 발로 다져진 길에는 마차 바퀴에 패인 자국이 있다. 길가에는 눈이 부실 정도로 흰 것이 점점이 흩어져 널려 있다. 소금 위에 우뚝 솟아 있다. 가까이 가보라! 그것은 해골이다. 크고 우람한 무더기가 있는가 하면 작고 가냘픈 무더기도 있다. 앞의 것은 소뼈, 뒤의 것은 사람 해골이다. 이 으슥한 길을 따라가다 보면 2400킬로미터에 걸쳐 모험가들의 해골이 자리 잡고 있다.

1847년 5월 4일. 한 여행자가 서서 이 황폐한 땅을 내려다보고 있었다. 이 평원을 지배하는 신이나 악마로 착각할 정도의 외모였다. 나이는 마흔 정도 되었는지, 아니면 예순 살에 가까운지 종잡을 수가 없다. 양 볼이 움푹 파일 정도로 수척했고 피부는 갈색 양피지 같았다. 긴 갈색 머리칼이나 턱수염에는 백발이 섞여 있고, 움푹 팬 눈은 부자연스럽게 반짝였다. 소총을 쥐고 있는 팔 역시 나무토막처럼 마르고 물기가 없다. 총자루를 지팡이 삼아 서 있는데, 그런대로 키가 크고 뼈대가 굵은 것으로 보아 건장한 체격을 타고난 사람처럼 보인다. 그런데도 수척한 얼굴과 야윈 팔다리에 헐렁하게 걸친 옷 때문에 늙고 쇠약한 느낌이다. 굶주리고 목이 타 이제 죽음을 눈앞에 두고 있다.

남자는 어디엔가 물이 없을까 허망한 희망을 안고 바위 골짜기를 기어올라 여기 산마루에 선 것이다. 그러나 눈 아래에는 끝도 없는 소금 대평원이 펼쳐져 있고 먼 곳에는 울퉁불퉁한 바위산이 앞을 가로막을 뿐, 물이 있는 곳을 알려줄 초목의 그림자조차 보이지 않는다. 드넓은 평원 그 어디에도 희망의 물줄기는 없었다. 그는 탐색하는 눈길로 북쪽과 동쪽, 서쪽을 둘러보고 이제 더는 헤맬 곳도 없다는 것을 깨달았다. 불모의 바위산에서 죽음을 기다리는 것이 고작이었다. "여기서 죽는다 해도 안 될 이유는 없지. 20년 뒤 푹신한 이부자리에서 죽는 거랑 뭐가 다르겠어." 이렇게 혼잣말을 하고는 바위 그늘에 몸을 앉혔다.

앉기 전에 남자는 쓸모없는 소총을 바닥에 두고 회색 숄에 쌓인 커다란 꾸러미도 내려놓았다. 오른쪽 어깨에 메고 다니던 꾸러미였는데, 막상 어깨에 메고 다니기에는 무거웠는지 털퍼덕 내려놓았다. 그러자 자루 속에서 칭얼거리는 소리가 들리더니 작고 검먹은 얼굴이 나타났다. 맑은 갈색 눈을 한 얼굴과 작은 두 팔이 보였다.

"아야! 너무해요." 아이가 따지듯이 말했다.

"아팠니? 미안하구나. 일부러 그런 건 아니란다." 남자가 위로하며 말했다. 그러고는 자루 끈을 풀고 안에서 다섯 살가량의 귀여운 소녀를 끌어냈다. 아기자기한 신발을 신고 멋진 드레스를 입은 것으로 엄마의 자상함을 느낄 수 있었다. 수척해 보였지만 팔다리가 건실한 것으로 보아 남자만큼은 고생하지 않은 모양이었다.

"아직도 아프냐?" 남자는 소녀가 금빛 곱슬머리를 쓰다듬는 것을 보더니 걱정스럽게 물었다.

"호 해주세요." 소녀는 부딪힌 곳을 내밀어 보이며 종알거렸다. "엄마는 늘 그렇게 해주시는걸요. 그런데 엄마는 어디로 간 거죠?"

"떠났단다. 하지만 곧 만나게 될 거야."

"떠났다고요?" 아이가 말했다. "설마요, 아무 말도 없었는걸요. 엄마는 이웃집 아줌마 댁에 차를 마시러 갈 때도 꼭 저한테 다녀오겠다고 말한단 말이에요. 그런데 사흘 동안이나 엄마를 못 봤어요. 힝, 그런데 아저씬 목 안 말라요? 물도, 먹을 것도 없어요?"

"아무것도 없구나. 조금만 참으렴. 곧 괜찮아질 거야. 고개를 들고 나한테 기대렴. 그럼 훨씬 괜찮아질 거야. 입술이 가죽처럼 마르면 말하기도 어렵지. 하지만 지금은 네게 어떤 상황인지 말해주는 게 좋을 것 같구나. 그런데 손에 들고 있는 건 뭐니?"

"어때요, 예쁘죠?" 소녀는 반짝거리는 운모 두 조각을 내보이면서 말을 이었다. "집에 돌아가면 동생에게 줄 거예요."

"이제 더 예쁜 것들을 보게 될 거야. 조금만 기다려봐." 남자가 자신 있게 말했다. "미리 말하려 했는데, 우리가 강을 건너온 건 알고 있지?"

"네, 알아요."

"그 강을 건너 조금만 더 가면 또 강이 나타날 줄 알았어. 그런데 나침반이 고장 났는지 지도가 엉터리였는지 강이 나타나질 않았어. 그래서 물이 떨어졌단다. 너 같은 꼬마들만 마실 수 있는 물 몇 방울을 조금만 남기고 말이다. 그래서…, 그래서…."

"그래서 세수도 못 했죠?" 아이가 남자의 먼지투성이 수염을 만지작거리며 눈살을 찌푸리며 말했다.

"세수야 다음에 하면 돼. 그렇지만 물을 마시지 못하면 사람은 죽는단다. 그래서 밴더 씨가 돌아가셨지. 다음엔 인디언 피트, 맥그리거 부인, 조니 혼스 그리고 네 엄마도 떠나셨어."

"그럼 엄마도 죽었다는 말이잖아요!" 소녀는 앞치마에 얼굴을 파묻고는 엉엉 울기 시작했다.

"그렇단다. 남은 사람은 너와 이 아저씨뿐이란다. 그래도 이 산 너머에는 물이 있을까 해서 너를 메고 여기까지 왔지. 그런데 틀린 것 같구나. 아무데도 물이 보이지 않아."

"그럼 우리도 곧 죽는다는 거예요?" 소녀는 울음을 멈추고서 눈물에 젖은 눈으로 빤히 쳐다보며 물었다.

"그렇게 될 것 같구나."

"왜 좀 더 빨리 말해주지 않았어요?" 소녀는 배시시 웃으며 말했다. "놀랐잖아요. 죽으면 엄마를 만날 수 있는 거죠?"

"그럼 만나고말고."

"아저씨도 죽는 거예요? 아저씨가 저한테 얼마나 잘해줬는지 엄마한테 말할 거예요. 엄마는 틀림없이 천국 문까지 날 마중 나와서 물 주전자랑 내가 좋아하는 막 구운 메밀 케이크를 들고 기다리고 있을 거예요. 내 동생 밥이랑 저는 갓 구운 따끈따끈한 메밀 케이크를 무척 좋아하거든요. 그런데 아저씨, 얼마나 더 기다려야 해요?"

"글쎄다. 그리 오래 걸리지는 않을 것 같구나."

남자의 시선은 북쪽 지평선을 더듬고 있었다. 푸른 하늘에 작은 점이 세 개 나타났다. 무척 빠른 속도로 다가오는 모양인지 점점 커지면서 세 마리의 커다란 갈색 새로 변했다. 새들은 두 사람의 머리 위로 원을 그리며 날더니 높은 바위에 내려앉아 끈질기게 그들을 지켜보기 시작했다. 서부의 독수리인 대머리 독수리였다. 죽음의 냄새를 맡은 것이다.

"새다!" 소녀는 그 불길한 새를 가리키며 기쁘다는 듯이 종알거렸다. "아저씨, 이 땅도 하나님이 만드셨나요?"

"그야 물론이지."

"하나님은 일리노이 주도 만드시고 미주리 주도 만드셨다는 거 알아요. 그렇지만 이곳은 아닌 것 같아요. 솜씨가 영 형편없거든요. 나무도 강도 빠뜨리다니."

"기도를 드리지 않겠니?" 남자가 말했다.

"아직 잠잘 때도 아닌데요?" 아이가 대답했다.

"상관없단다. 평소에 기도하던 시각은 아니지만 하나님은 괜찮다고 하실 게다. 평원에 있을 때 네가 밤마다 마차 안에서 하던 기도를 다시 해보렴."

"아저씨가 하지 않고요?" 소녀는 이상하다는 눈으로 남자를 올려다보았다.

"아저씬 기도하는 법을 잊어버렸단다. 아저씨 키가 이 총의 반만 할 때부터 한 번도 기도를 드린 적이 없거든. 그런데 너무 늦은 건 아닐 거야. 네가 소리 내서 기도하면 내가 잘 듣고 따라할게."

"그럼 무릎을 꿇으세요. 저도 무릎을 꿇을게요." 아이가 말하며 바닥에 숄을 깔았다. "자, 손은 이렇게 모아 깍지를 끼고. 어때요, 마음이 편해지죠?"

철없는 아이와 두려움을 모르는 서부의 장정이 나란히 무릎을 꿇고 앉아 있는 것은 색다른 풍경이었다. 종알종알 기도하

는 아이와 한 모험가, 이 두 사람은 좁다란 숄 위에 나란히 무릎을 꿇고 앉았다. 오동통한 소녀의 얼굴과 거칠고 메마른 남자의 얼굴이 구름 한 점 없는 하늘을 향했다. 두 얼굴에는 하늘에서 굽어보는 두려운 존재에 대한 간절한 소원이 담겨 있었다. 맑고 또렷한 소리와 굵고 칼칼한 두 목소리가 하나가 되어 하나님에게 자비와 용서를 간절히 빌기 시작했다. 기도가 끝나자 두 사람은 바위 그늘에 자리 잡았다. 소녀는 남자의 넓은 가슴에 안기더니 잠시 뒤 영원할지도 모르는 곤한 잠에 빠져들었다. 남자는 한동안 그 얼굴을 지켜보고 있었으나 사흘 밤낮을 쉬지도 먹지도 못한 피로가 몰려온 듯 차츰 무겁게 내려오는 눈꺼풀을 거스를 수 없었다. 점점 아래로 고개가 떨어지더니 어느덧 남자의 거친 턱수염과 소녀의 보드라운 머리칼이 한데 엉키면서 둘 다 깊은 잠 속으로 빠져들었다.

모험가가 30분만 깨어 있었더라면 남자는 신기한 광경을 볼 수 있었을 것이다. 소금 평원 저 멀리서 흙먼지가 피어오르기 시작한 것이다. 처음에는 안개와 잘 구별되지 않았지만 흙먼지는 자꾸만 커져서 확실한 구름 형태를 띠었다. 구름은 점점 커졌다. 수많은 생명체가 움직일 때에나 일 수 있는 먼지구름이 분명했다. 들소 떼가 흙먼지를 일으키며 돌진해오는 것 같았지만 풀 한 포기 없는 사막에 들소가 떼 지어 나타날 리 만무했다. 흙과 모래먼지의 소용돌이는 차츰 두 사람이 잠들어 있는 벼랑 밑을 향해서 움직였다. 그리고 마침내 구름처럼 피어오르는 흙먼지 속에서 포장마차와, 무장을 하고 말을 탄 사람들의 모습이 아지랑이를 가르고 드러나기 시작했다. 서부를 향해 가는 이주민의 무리가 틀림없었다. 정말 어마어마한 규모였다. 그 선두가 산기슭에 도달했는데도 끝은 아직 지평선 저쪽에 묻혀 보이지 않았다. 포장마차와 이륜 짐마차, 말을 탄 사람과 걷는 사람들의 행렬이 평원을 가로질러 끝없이 뻗어 있었다. 무거운 짐 보따리를 짊어지고 걸음을 옮기는 수많은 여자들, 마차 주위를 뛰어다니거나 흰 포장 밑으로 얼굴을 내밀고 있는 아이들. 이건 보통 이주민이 아니라 어떤 사정에 의해서 대대적인 집단을 이루어 새로운 땅을 찾아 나선 사람들이 틀림없었다. 그 수많은 사람이 웅성거리는 소리와 마차 바퀴가 덜컹거리고 말이 울부짖는 소리가 맑은 대기에 메아리쳤다. 그러나 벼랑 위에서 잠든 두 사람은 눈을 뜨지 않았다.

이 대열의 선두에는 각기 총을 든 남자 스무 명가량이 말을 타고 앞장서 있었는데, 벼랑 가까이에 도달하자 일제히 멈추어 서서는 무엇인가 수군거렸다.

"형제들이여! 오른쪽에 샘물이 있습니다." 수염을 깨끗이 면도하고 머리가 반백이 된 한 남자가 소리쳤다.

"시에라 블랑코의 오른쪽입니다. 이리 가면 우리는 리오그란데 강에 도착하게 될 것입니다." 다른 남자가 말했다.

"물 걱정은 없을 것입니다." 제3의 남자가 외쳤다. "바위 속에서 물을 내신 하나님이 선택한 백성을 버리시는 일은 없을 것입니다."

"아멘! 아멘!" 무리가 한목소리가 되어 말했다.

일행이 다시 말을 몰아 나아가려 할 때 가장 어린 축에 속하는, 눈이 예리한 한 젊은이가 소리를 지르며 벼랑 위를 가리켰다. 그 정상에서 무언가 분홍빛 천이 펄럭이는 광경을 목격한 것이다. 잿빛 바위 때문에 그 옷자락은 더욱 뚜렷하게 보였다. 그것을 본 사람들은 말고삐를 당기고 어깨에 멘 총을 내렸다. 길잡이로 보이는 나이 든 남자가 말했다. "인디언이다!" 말은 순식간에 퍼졌다.

"인디언이 이 부근에 있을 리 없어." 지도자로 보이는 연장자가 말했다. "포니 족이 사는 땅을 지나온 지 오래니까. 산맥을 넘기까지는 다른 부족이 있을 리 없어." 무리 가운데 한 사람이 말했다

"스탠거슨 형제, 제가 가서 보고 오겠습니다."

"저도 가겠습니다.""저도요." 이어 열 사람가량의 목소리가 거기에 따랐다.

"말은 이곳에 두고 가게나. 우리는 여기서 기다릴 테니." 나이 든 장로가 말하자 젊은이들이 말에서 내려 분홍색 천이 보이던 곳을 향해 가파른 벼랑을 기어오르기 시작했다. 그리고 바위에서 바위로 날렵하게 옮겨 다니며 마침내 정상에 올랐다. 선두는 맨 먼저 그것을 발견한 젊은이였다. 젊은이가 무척 놀란 듯 크게 팔을 흔드는 것을 보고 뒤따르던 청년들도 급히 올라가 뜻밖의 광경을 보고 역시나 놀란 표정을 지었다.

벼랑 위 평평한 곳에 거대한 바위가 서 있었고, 키가 큰 남자가 그 바위에 기대 누워 있었다. 수염이 무성하게 자라고 철

사처럼 말라비틀어진 모습이었다. 그러나 눈을 감은 채 고른 숨소리를 내는 것으로 보아 죽은 것 같지는 않았다. 그 품에 안긴 소녀는 희고 통통한 팔로 힘줄이 불거진 남자의 갈색 목을 껴안고, 금발 머리를 벨벳 상의를 입은 남자의 가슴에 기대고 있었다. 살짝 벌어진 장밋빛 입술 사이로 희고 가지런한 이가 드러나 보였다. 천진한 얼굴에는 미소까지 감돌고 있었다. 흰 양말과 반짝이는 버클 슈즈를 신은 통통하고 흰 다리는 길고 주름진 남자의 다리와 무척이나 대조적이었다. 이 신비한 두 사람의 머리 위로 솟은 큰 바위의 가장자리에는 대머리 독수리 세 마리가 앉아 있었다. 새들은 달려온 사람들을 보자 실망해서 쉰 목소리로 울어대며 푸드덕 날아올랐다.

불쾌한 새 울음소리에 잠이 깬 두 사람은 어리둥절한 표정으로 사람들을 바라보았다. 남자는 비틀비틀 일어나 넓은 평원을 바라보았다. 잠들기 전까지만 해도 개미 한 마리조차 찾기 힘들었던 이곳이 지금은 수많은 사람과 짐승으로 가득 차 있었다. 남자는 믿기지 않는지 앙상한 손으로 두 눈을 비볐다. "이런 게 환상이라는 건가?" 남자가 중얼거렸다. 아이가 남자의 옷자락을 붙들고 서서 어리광이 담긴 눈으로 사방을 둘러보았다.

두 사람은 곧 눈앞에 펼쳐진 광경이 결코 환상이 아니라는 사실을 알게 되었다. 젊은이 하나가 소녀를 어깨에 올려 안고 기진맥진한 남자를 다른 몇 명이 부축하여 벼랑을 내려가도록 도왔다.

"제 이름은 존 페리어라고 합니다." 남자는 사람들에게 자신을 소개했다. "스물한 명 중에서 저와 이 아이만 남았습니다. 다른 일행은 굶주림과 갈증으로 죽고 말았습니다."

"아이는 당신 딸입니까?" 한 사람이 물었다.

"지금은 그렇다고 할 수 있습니다." 페리어가 말했다. "제가 살려냈고, 아이의 부모가 죽었으니 제 딸입니다. 아무도 제게서 아이를 뺏을 수 없습니다. 이 아이는 오늘부터 루시 페리어입니다. 그런데 당신들은 누굽니까?" 그는 호기심 어린 눈길로 햇볕에 검게 그을린 탄탄한 구조자들을 바라보며 말했다. "꽤나 막강해 보이는군요."

"우린 만 명쯤 됩니다." 한 청년이 말했다. "우리는 박해당한 하나님의 자녀들입니다. 모로니 천사에게 선택받은 사람들이죠."

"그런 천사가 있다는 말은 처음 듣는걸요." 남자가 말했다. "그분은 참 많은 사람을 선택하셨나 봅니다."

"성스러운 이름을 조롱하지 마십시오." 상대방이 근엄한 어조로 말했다. "우리는 이집트 문자로 금판에 새겨진 거룩한 경전을 믿는 무리입니다. 성 조지프 스미스가 팔미라에서 얻은 귀한 것이지요. 우리는 일리노이 주 노부에 성전을 세우고, 폭력적이고 신앙심 없는 자들을 피해 여기까지 오게 된 것입니다. 비록 이곳이 사막 한가운데일지라도 말입니다."

노부라는 이름이 존 페리어에게 뭔가를 생각나게 했다. "아, 그렇다면 당신들은 모르몬교도들이군요."

"그렇습니다. 우리는 모르몬교도입니다." 사람들은 입을 모아 대답했다.

"그래, 당신들은 어디로 가는 중입니까?"

"그건 알 수 없습니다. 하나님이 선지자를 통해 인도하시는 곳으로 가고 있으니까요. 그리고 당신도 이제 그 선지자를 뵈어야 합니다. 선지자께서 당신과 아이를 어떻게 할지 결정하실 겁니다."

언덕 아래에 도착한 이들은 순례자 무리에 둘러싸였다. 여성들은 창백했으나 온화해 보였고 아이들은 천진하게 웃음꽃을 피웠다. 남자들은 진지한 눈빛으로 두 사람을 쳐다보았다. 구조된 두 사람 중 한 명은 너무 어리고, 다른 한 명은 너무나 수척한 모습인지라 이를 보고 놀라며 걱정하는 사람이 많았다. 사람들은 둘을 이끌고 유난히 크고 훌륭한 마차 쪽으로 다가갔다. 다른 마차는 말 두 필, 많아야 네 필이 끌었는데 그 마차는 무려 여섯 필의 말이 끌고 있었다. 마부 옆으로 가니 한 남자가 의자에 앉아 있었다. 나이는 불과 서른도 안 되어 보였는데 근엄한 얼굴이 그냥 보기에도 지도자다웠다. 그는 갈색 표지의 책을 읽고 있다가 일행이 보고하는 바를 묵묵히 들었다. 그러고는 두 사람을 향해 눈을 돌렸다.

"당신들을 데리고 가려면, 당신들이 우리의 신조를 믿어야하오. 양 떼 속에 늑대는 끼워 넣을 수 없기 때문이요. 당신들이 우리들 사이에 나쁜 영향을 끼친다면 지금 이 광야에 백골로 묻히도록 놔두는 것만 못 하기 때문이외다. 이런 조건을 받아들여 우리와 함께하겠소?"

"어떤 조건이라도 받아들이겠으니 거두어주십시오." 페리어가 단호하게 말하자 다른 장로들이 흐뭇하게 웃었다. 그러나 지도자의 근엄한 표정은 조금도 변하지 않았다.

"그럼, 스탠거슨 형제여. 이 사람들에게 먹고 마실 것을 대접하시오. 그리고 우리의 성스러운 신조를 가르치는 일도 당신에게 맡기리다. 자, 시간이 늦었으니 이만 떠나도록 하지. 시온을 향해서!"

"시온을 향해서!"

모르몬교도들이 지도자를 따라 외쳤다. 이 말은 긴 대열을 따라 입에서 입으로 퍼져서 맨 끝까지 전해졌다. 채찍을 휘두르고 바퀴가 삐걱거리는 소리와 함께 마차들이 다시 움직이기 시작했다. 구출된 두 사람은 장로의 마차에 이끌려가 음식을 제공받았다.

"이제부터는 이 마차에서 기거하십시오. 며칠이 지나면 건강도 회복될 겁니다. 단, 못 박아둘 일은 당신들은 이제부터 영원토록 우리의 신자라는 점을 잊어서는 안 된다는 것입니다. 우리의 지도자 브리검 영께서 말씀하신 것을 기억하십시오. 그것은 곧 조지프 스미스의 말씀이며 하나님의 말씀입니다."

2

유타 주의 꽃

이 책은 모르몬교도 이주민들이 최후의 안식처에 이르기까지 견뎌야 했던 모진 시련과 궁핍을 기리고자 함이 아니다. 그러나 미시시피 강에서 로키산맥 서쪽 언덕까지 그들이 고군분투하며 전진한 과정은 분명 역사에 길이 남을 만한 일이었다. 야만인과 야수, 기아, 갈증, 피로, 질병 등 이 모든 자연의 장애물을 앵글로색슨 특유의 기상과 절개로 극복했기 때문이다. 하지만 지나치게 긴 여정과 공포는 무리 중 가장 신실한 사람들의 마음까지도 흔들어놓을 정도였다. 그리고 마침내, 그들의 눈앞에 비옥한 유타의 골짜기가 펼쳐지는 순간이 왔다. 이 종착지야말로 약속의 땅이며 그들의 소유라는 지도자의 말을 듣자 모든 무리가 무릎을 꿇고 진심으로 기도했다.

브리검 영은 능숙한 관리자인 동시에 결단력 있는 지도자였다. 신속하게 지역의 지도와 수로도가 완성되고, 도시가 설계되는 것이 그 사실을 뒷받침했다. 농장은 지위에 따라 배분되었고, 상인은 장사를 했으며, 기술자는 저마다 주어진 일을 하기 시작했다. 마치 마법이라도 부린 것처럼 그 땅에는 대로와 광장이 나타났다. 시골에는 물길을 내고 울타리를 친 뒤, 땅을 갈고 씨를 뿌렸다. 그러자 이듬해 여름에는 온 들판이 황금빛으로 물들었다. 모든 것이 일사천리로 진행되고 있었다. 특히 대도시 한가운데에 우뚝 솟은 신전은 날이 갈수록 하늘을 찌를 듯했다. 해가 뜰 때부터 질 때까지 안전하게 보호해주신 신께 감사하려는 이주민들의 망치질과 톱질 소리는 그칠 줄을 몰랐다.

존 페리어와 그의 양녀가 된 루시는 모르몬교도들의 기나긴 여행길을 끝까지 함께했다. 루시 페리어는 스탠거슨 장로의 마차에 태워져 장로의 세 아내와 열세 살짜리 아들과 함께 묵으며 여행을 계속했다. 루시는 어린애다운 명랑함 덕분에 어머니와 동생을 잃은 슬픔을 잊고 여인들의 귀염둥이가 되어 포장마차 집의 생활에 만족하게 되었다. 한편 존 페리어는 기운을 되찾기 무섭게 쓸모 있는 안내인으로, 솜씨 있는 사냥꾼으로 실력을 발휘했다. 그리하여 새로운 동료들 사이에서 두터운 신망을 얻었기에 여행이 끝나 이 땅에 자리 잡게 되었을 때는 브리검 영을 비롯하여 스탠거슨, 켐벌, 존스턴, 드레버 등 네 명의 장로를 제외하고, 다른 사람들 못지않게 기름지고 넓은 땅을 나누어 받게 되었다.

존 페리어는 혼자 힘으로 농장에 튼튼한 통나무집을 지었고, 집은 이후 계속 증축해서 커다란 저택이 되었다. 그는 성실한 사람이었고 손재주가 좋았다. 체력도 강해서 땅을 개간하고 경작하며 아침부터 저녁까지 온종일 일할 수 있었다. 그러니 그의 농장과 그에게 속한 모든 것이 더욱 풍요로워졌다. 3년 후에는 이웃보다 재산이 늘었고, 6년 후에는 풍족한 살림을 꾸렸다. 9년이 지난 뒤에도 부유했지만, 12년이 지나자 솔트레이크시티 전체에서 다섯 손가락에 꼽힐 만큼 큰 부자가되어 있었다. 내륙의 바다부터 멀리 워새치 산맥을 통틀어 존페리어보다 유명한 사람은 없을 정도였다.

그런 그에게 딱 하나, 동료 모르몬교인들이 못마땅하게 여기는 점이 있었다. 아무리 설득해도 동료들처럼 아내를 맞이하지 않았던 것이다. 그렇다고 자기가 아내를 마다하는 까닭을 결코 말하지도 않았고, 그저 단호하고 완강하게 거부할 뿐이었다. 이 일에 대해서 누구는 페리어의 신앙심이 돈독하지못한 탓이라고 했고, 누구는 페리어가 재산에 대한 탐욕 때문에 돈이 드는 일을 싫어하는 것이라 넘겨짚기도 했다. 또는 옛사랑을 운운하며 대서양 연안 어딘가에 금발의 아가씨가 슬퍼하고 있다고 말하는 이도 있었다. 이유가 어찌됐든 페리어는독신으로 남았다. 하지만 그 밖의 일에서는 나무랄 데 없는 독실한 모르몬교도였기에 차차 그러한 비난도 사그라져갔다.

루시 페리어는 통나무집에서 무럭무럭 크면서 그 작은 손으로 양아버지의 모든 일을 거들었다. 뒷산의 상쾌한 공기와 소나무의 향기가 이 소녀에게는 유모이자 어머니였다. 해가 갈수록 루시는 키가 자랐고, 아름다움은 더해갔다. 페리어의 농장 옆으로 난 대로를 지나가는 많은 사람이 날씬한 소녀가 밀밭을 뛰어가는 모습이나, 아버지의 야생마에 올라타 서부의 아이답게 우아하고 편안하게 말을 모는 것을 보면서 옛 추억을 떠올리곤 했다. 그렇게 꽃봉오리는 꽃으로 피어났고, 세월이 흘러 아버지가 큰 부자가 되는 동안 그녀는 서부 전체를 통틀어 가장 아름다운 미국인 숙녀로 성장했다.

그러나 아이가 여인으로 성숙한 것을 처음 알아챈 사람은 아버지가 아니었다. 사실 아버지가 먼저 알아차리는 것은 드문 일이다. 신비한 그 변화는 매우 서서히 진행되었기에 매일 보는 사람들은 알 수 없기 때문이다. 어떤 목소리와 손길로 인해 심장이 두근거릴 때 내면에서 새로운 본능이 깨어난다는 것을 자부심과 두려운 마음으로 알아차렸을 뿐, 루시 역시 자신의 성숙을 알아채지는 못했다. 새로운 삶이 시작되었음을 알린 사건을 잊는 사람은 없을 것이다. 특히 그녀에게 일어난 일은 앞으로 그녀의 운명에 큰 영향을 미친 것은 물론이고, 사건 자체가 매우 심각한 수준이었기에 더욱 그랬다.

따사로운 6월의 어느 아침, 모르몬교도들은 자신들의 상징인 벌처럼 분주한 삶을 보내고 있었다. 들판에서도, 거리에서도, 부지런히 일하는 소리가 그치지 않았다. 먼지가 이는 큰길에는 무거운 짐을 실은 마차의 행렬이 길게 이어지고 있었는데, 모두 서쪽을 향하고 있었다. 때마침 캘리포니아에서 금광이 발견되어 황금에 운명을 건 사람들이 그리로 모여들었기 때문이다. 또한 그들 뒤에는 먼 방목지에서 끌려오는 양 떼와 소 떼도 있었고, 끝없는 여행에 지친 이주민 무리도 있었다.

루시는 뛰어난 승마 솜씨로 말을 탄 채 무리를 지나쳤다. 승마로 인해 고운 얼굴이 발갛게 달아올랐고 긴 밤색 머리칼은 바람에 이리저리 휘날렸다. 아버지의 심부름으로 시내에 나가던 그녀는 언제나처럼 젊음의 열기에 불타 자신의 임무에만 집중하며 질주하고 있었다. 긴 여행 탓에 온통 흙먼지로 뒤범벅이 된 이주민들은 물론 굳은 표정의 인디언들조차 말 위의 눈부실 정도로 아름다운 루시를 황홀한 눈빛으로 쳐다보았다.

루시가 시내 입구에 접어들었을 때, 대여섯 명의 남자들이 몰고 온 소 떼가 길을 막고 있었다. 진로에 방해를 받은 루시는 마음이 급해 빈틈을 뚫고 소 떼를 통과하려고 했다. 하지만 가축들 안으로 들어서자마자 뒷길이 막혀 뿔이 길고 사나운 소 떼의 무리에 완전히 파묻히고 말았다. 루시는 평상시에도 익숙하게 소를 다루었기에 당황하지 않고 말을 몰고 질주할 기회만 노렸다. 그런데 운수 사납게도 소 한 마리가 말의 아랫배를 세차게 건드려 말이 날뛰기 시작했다. 말은 거칠게 숨소리를 힝힝거리며 뒷발로 일어서서 앞발을 휘젓는 등 금세라도 루시를 내동댕이칠 기세였다. 아주 노련한 기수가 아니면 낙마할 수밖에 없는 상황이었다. 성난 말이 뒷다리를 들고 날뛸 때마다 소의 뿔에 닿았고, 그럴수록 말은 더 발광했다. 루시는 필사적으로 말안장에 매달렸다. 낙마했다가는 소 떼의 발굽 아래 짓밟혀 목숨이 위태로울 지경이었다. 루시는 처음 겪는 당황스러운 상황에 눈앞이 아찔해졌다. 고삐를 움켜잡은 손은 점점 힘이 빠졌다. 뭉게뭉게 피어오르는 흙먼지와 소 떼의 콧

김에 숨이 막힐 것만 같았다. 그때 도움의 목소리가 루시의 귓가에 닿았다. 어디선가 통나무처럼 굵은 팔이 루시의 말고삐를 낚아채더니 침착하게 소 떼의 물결을 타면서 그녀를 밖으로 끌고 나갔다.

"아가씨, 다친 데는 없습니까?" 그녀를 구해준 남자가 공손하게 말했다

루시는 젊은이의 햇볕에 탄 검고도 날카로운 얼굴을 보고 웃음을 터뜨렸다.

"정말 무서웠어요." 그녀가 천진난만하게 말했다. "판초를 보고 소 떼가 겁먹을 줄 누가 알았겠어요."

"그만하기를 천만다행입니다." 남자가 진지하게 말했다. 키가 크고 험상궂게 생긴 청년은 튼튼한 얼룩말을 타고 있었다. 사냥꾼의 거친 옷을 입었고 어깨에는 긴 소총을 메고 있었다. "아가씨는 존 페리어 씨의 따님이시죠? 아까 페리어 씨의 농장에서 말을 타고 나오는 걸 봤습니다. 집에 돌아가거든 아버님께 세인트루이스의 제퍼슨 호프가를 아시는지 여쭈어보십시오. 만일 제가 아는 페리어 씨라면 저희 아버지를 아실 겁니다."

"직접 가서 물어보는 건 어때요?" 루시는 새침하게 말했다.

그녀의 제안에 청년의 까만 눈에는 기쁨이 감돌았다. "기꺼이." 그가 대답했다. "비록 저희가 두 달 동안이나 산속에 틀어박혀 있던 터라 숙녀의 집을 방문하기엔 꼴이 말이 아닙니다

만, 그래도 쫓아내진 않으시겠죠?"

"오히려 아버지는 당신한테 고마워해야 하는 걸요. 저도 마찬가지고요. 아버지는 저를 무척 아끼시거든요. 제가 만약 이곳에서 소 떼에게 밟히기라도 했다면 아버지는 충격에서 헤어나오지 못했을 거예요." 루시가 말했다.

"저도 그랬을 겁니다." 청년이 답했다.

"어머, 당신이 왜요? 우린 친구도 아닌데 당신에게 그럴 만한 이유가 있나요?"

이 말을 들은 청년이 갑자기 풀이 죽자 루시는 웃음을 터뜨렸다.

"호호, 방금 한 말은 농담이에요." 그녀가 말했다. "우린 이제 친구가 되었으니까 우리 집에 꼭 오셔야 해요. 그럼 이만 가봐야겠어요. 아버지 심부름을 제대로 하지 못하면 이제 밖에는 내보내지도 않으실 테니까요. 안녕히 가세요!"

"안녕히 가십시오." 그는 솜브레로 모자를 벗은 뒤 그녀의 손 위로 살짝 허리를 굽혀 인사했다. 루시는 말 머리를 돌려 채찍질을 한 번 하고는 먼지구름을 일으키며 빠르게 달려갔다.

청년 제퍼슨 호프는 과묵하고 어두운 표정의 일행과 함께 말을 몰았다. 그는 동료들과 네바다 산맥의 은광을 찾아 들어갔는데, 찾아낸 광맥을 시굴할 자금을 모으기 위해 솔트레이크시티로 돌아가는 중이었다. 이제껏 호프는 동료 중 누구보다도 이 사업에 열중한 사람이었다. 그런데 뜻하지 않은 이 일로 인해 온통 마음이 다른 곳에 쏠리게 되었다. 시에라 블랑코의 산들바람처럼 밝고 아름다운 아가씨를 만나게 되자 야성적인 젊음으로 가득 찬 그의 마음이 밑바닥부터 흔들리기 시작한 것이다. 그녀의 모습이 시야에서 사라지자 그는 자신의 인생에 위기가 찾아왔다는 사실을 깨달았다. 광산의 일도, 그 밖의 어떤 문제도 루시를 사랑하는 정열에 비하면 아무런 의미가 없는 듯했다. 그의 마음속 사랑은 소년기의 변덕스러운 환상이 아니라 강력한 의지력과 격렬한 열정의 산물이었다. 호프는 그동안 손을 대는 일이라면 뭐든 끝까지 관철시켜 성공을 거두곤 했다. 인간의 노력과 인내력으로 이룰 수 있는 일이라면 이번에도 반드시 성공하겠다고 그는 다짐했다.

호프는 그날로 페리어의 농장을 방문했고 그 횟수는 차츰 늘어 곧 스스럼없이 드나드는 사이가 되었다. 페리어는 12년이나 농장에 틀어박혀 농사일에만 열중했기에 바깥세상이 어떻게 돌아가는지 아는 것이 없었다. 온갖 소식을 알고 있는 제퍼슨 호프는 말솜씨도 아주 뛰어나서 페리어뿐만 아니라 루시까지 그의 이야기에 관심을 갖고 귀를 기울였다. 캘리포니아의 개척자인 호프는 그 황금시대에 일확천금하거나 재산을 다탕진해버린 사람들의 이야기를 많이 알고 있었다. 그는 탐험, 사냥, 목장 경영 등을 두루 경험했고 짜릿한 모험이 펼쳐지는 곳이면 어디든 찾아가는 청년이었다.

나이 든 농부 페리어는 호프가 마음에 들어 입이 마르게 칭찬을 했다. 그럴 때면 루시는 늘 입을 다물고 있었지만 그 붉어지는 볼이나 밝고 행복해 보이는 눈을 보면, 그녀가 호프를 사랑하고 있다는 것은 분명했다. 고지식한 페리어는 아직 거기까지는 눈치를 채지 못하고 있었으나 호프만은 자신이 루시의 사랑을 받고 있다는 것을 짐작할 수 있었다.

그러던 어느 날 저녁, 호프가 말을 타고 달려와서 그녀의 집 앞에 멈추었다. 루시가 달려 나가자, 그는 울타리 위로 고삐를 던져놓고 그녀에게 다가갔다.

"루시, 이제 모든 준비를 마쳐 오늘 밤 안으로 떠나게 되었소." 호프가 그녀의 두 손을 잡고 사랑스러운 눈빛으로 말했다. "이번에는 함께 가자고 말할 수 없지만 다음에 내가 오면 나와 함께 갈 준비를 해놓고 기다려줘요."

"그게 언제쯤이죠?" 루시는 얼굴을 붉히고 웃으며 물었다.

"늦어도 두 달이면 충분할 거요. 이제 우리 사이를 가로막는 일은 아무것도 없으니 그때 당신을 데리러 오겠소."

"우리 아버지는요?" 루시가 물었다

"그건 걱정할 것 없소. 광산 일이 잘 마무리되기만 하면 우리 결혼을 허락하겠다고 하셨거든."

"정말 기뻐요. 당신과 아버지 사이에 그런 이야기가 오갔다면 아무 문제없네요. 기다리고 있을게요." 루시는 호프의 넓은 가슴에 얼굴을 파묻으며 속삭였다.

"그래, 정말 잘됐어!" 호프는 루시를 안고 입을 맞추었다.

"그만 가야지. 지체하면 지체할수록 걸음이 떨어지지 않아. 사람들이 골짜기에서 나를 기다리고 있소. 안녕, 내 사랑. 안녕, 두 달 안에 오리다."

호프는 몸을 돌려 말에 뛰어오르더니 그대로 질주했다. 뒤에 남겨진 그녀를 돌아보았다가는 결심이 흔들리고 말 것이 두려웠는지, 한 번도 뒤를 돌아보지 않았다. 루시는 그 뒷모습이 어둠에 잠겨 보이지 않을 때까지 지켜보고 서 있었다. 그리고 다시 집 안으로 들어간 그녀는 유타 주에서 가장 행복한 여자였다.

3
존 페리어와 예언자의 대담

제퍼슨 호프와 그의 일행이 떠난 지 벌써 3주가 지났다. 존 페리어는 청년이 돌아오면 루시를 짝지어 떠나보낼 생각을 하니 마음이 아팠다. 하지만 루시의 밝고 생기 가득한 얼굴을 보면 그들의 결혼을 축복해주지 않을 수 없었다. 페리어는 그전부터 무슨 일이 있어도 루시를 모르몬교도와는 결혼시키지 않겠다고 굳게 마음먹고 있었다. 페리어의 생각으로는 한 남자가 아내를 여럿 두는 것은 수치스럽고 불결한 일이었다. 그러나 그 무렵 그 지방에서 모르몬교의 가르침에 거역하는 주장을 하는 것은 위험한 일이었기에 그런 문제에 대해서는 굳게 입을 다물고 살아왔다.

어찌나 위험한지 누구보다 심신이 깊은 사람이라도 종교적 견해를 밝힐 때는 속삭이듯 말하곤 했다. 자신의 입에서 나온 말이 오해를 받아 바로 응징을 당할까 봐 두려워서였다. 박해의 생존자들은 자신의 이익을 위할 때만은 박해자가 되었다. 너무나 가혹한 박해자 말이다. 세비야의 종교 재판소도, 독일의 벰게리 히트도, 이탈리아의 비밀 결사도 유타 주에 먹구름을 드리운 모르몬교의 조직보다 더 끔찍하진 않았다.

눈에 띄지 않게 활동할뿐더러 워낙 비밀스럽다는 점이 이 조직을 배로 무섭게 만들었으리라. 페리어는 교리에 반대되는 의견을 입 밖에 낸 교도가 어느 순간 갑자기 자취를 감추어 어딘가로 사라졌으며, 어떤 일을 당했는지 모를 사건이 여러 차례 있다는 것을 알고 있었다. 아내와 자녀들이 기다리는 집으로 돌아온 사람이 없으니 비밀 심판자들에게 무슨 일을 당했는지 알 수가 없었던 것이다. 경솔한 언행의 결과는 영원한 소멸이었는데 그들을 징계하는 이 끔찍한 힘의 본질에 대해서는 아무도 알지 못했다. 사람들이 두려움에 떨면서도 의심의 말 한마디조차 하지 못한 것도 그 이유에서였다.

그 막연하고 끔찍한 힘은 처음엔 모르몬교를 받아들인 후 배신하거나 포기한 사람들에게만 손길을 뻗쳤다. 그러나 차츰 그 범위가 넓어졌다. 성인 여자들의 공급이 부족한 상황에서 일부다처제는 사실상 허망한 교리였는데, 그 무렵 이상한 소문이 돌기 시작했다. 인디언이 나타난 적 없는 지역에서 이주민이 살해되고 캠프가 약탈당했다는 소문이었다. 그 후 새로운 여자들이 장로들의 하렘에 나타났다. 슬피 우는 이 여자들의 얼굴에는 지울 수 없는 공포의 흔적이 남아 있었다. 산을 넘어온 나그네들은 어둠 속에서 가면을 쓰고 무장한 채 소리 없이 그들 곁을 지나간 무리를 보았다고 했다. 이러한 이야기와 소문은 형태를 갖추며 확증되어 무리의 이름까지 갖게 되었다. 결국 복수의 천사, '다나이트'는 서부의 외딴 농장을 위협하는 불길하고 무서운 존재가 되었다.

그처럼 끔찍한 짓을 한 조직에 대해 많은 것을 알게 될수록 사람들의 마음속에는 공포심이 늘어만 갔다. 그 잔인한 조직에 속해 있는 자가 누구인지 아는 사람은 없었다. 종교라는 명목으로 피를 부르는 이들의 신상은 철저히 비밀에 부쳐졌기 때문이다. 친구에게 선지자와 그의 일에 대해 조금이라도 의혹의 뜻을 내비친다면 바로 그날 밤 불과 칼로 끔찍한 징계를 당할 수도 있었다. 모든 사람이 서로의 이웃을 두려워할 수밖에 없었고, 속내를 비치는 사람은 아무도 없었다.

그러던 어느 날 아침, 존 페리어가 밀밭에 나가려던 참이었다. 대문이 열리는 소리가 나서 창밖을 내다보니 갈색 머리에 우람한 체격을 한 중년 남자가 마당을 가로질러 들어오고 있었다. 틀림없는 예언자 브리검 영이었다. 그를 본 페리어는 심장이 멎는 것 같았다. 하나님을 대신한다는 절대 권력자 영이 직접 자신의 집을 찾아온다는 것은 예삿일이 아니기 때문이었다. 겁을 집어먹었지만 페리어는 급히 달려 나가 공손히 그를 맞아들였다. 그러나 상대는 냉랭한 표정으로 인사를 받고 준엄한 얼굴로 거실로 들어섰다.

"형제 페리어여." 영이 자리에 앉아 연갈색의 눈썹 아래 예리한 눈으로 페리어를 보며 말했다. "지금까지 우리 믿음의 동지들은 그대의 친구였소. 그대가 사막에서 죽어갈 때 우리는 그대를 거두어 먹고 마실 것을 나누어 주었으며 하나님이 선택한 이 땅에 인도하여 넉넉한 땅을 주고 재산을 모으게 해주었소. 그렇지 않소?"

"틀림없는 사실입니다." 존 페리어가 대답했다.

"우리는 그 모든 은혜를 베풀면서 단 한 가지 조건을 그대에게 요청했소. 그것은 그대가 우리의 신앙을 받아들여 모든 일에 있어 그 관습을 따르라는 것이었고 그대는 그것을 약속했소. 그런데 소문을 듣자하니 그대가 그 약속을 저버렸다는 거요."

"저버리다니요!" 페리어가 필사적으로 두 손을 내두르며 말했다. "저는 공동 모금에도 솔선했고, 교회에도 빠진 일이 없으며…."

"그대의 아내는 어디 있소?" 영이 주위를 둘러보며 물었다. "인사라도 나누도록 그들을 이리 불러보시오."

"제가 결혼을 하지 않은 것은 사실입니다." 페리어가 대답했다. "하지만 무리에는 여인의 수도 적었거니와 저보다 아내를 필요로 하는 분들이 많았습니다. 저에게는 딸이 있어 가사에 불편을 느끼지도 않았습니다."

"내가 오늘 이곳에 온 것은 그 딸아이 때문이오." 모르몬교 지도자가 말했다. "루시는 탈 없이 자라 지금은 유타 주의 꽃이라고 일컬어지고 있소. 이 땅의 고위 인사들도 그 아이의 아름다움을 칭송하고 있더군."

페리어는 마음속으로 신음했다. 영이 말을 이었다.

"그런데 믿고 싶지 않은 소문이 떠돌고 있다오. 루시가 이방인과 약혼을 했다는 소문이외다. 그것이 근거도 없는 헛소리이기를 바라는 마음이 간절하오. 조지프 스미스의 규율 13조에 뭐라고 되어 있소? '참된 신앙을 가진 모든 처녀는 반드시 하나님이 선택한 자와 혼인시킬지어다. 이방인의 아내가 됨은 무거운 죄를 지음이니라.' 그대는 믿음이 강함을 내세웠으니 그대의 딸이 교리를 배반하는 일이 없도록 단속해야 할 것이오."

말문이 막힌 페리어는 불안해서 말채찍만 만지작거렸다.

"이 일을 어떻게 처리하느냐에 따라 그대의 신앙을 저울질할 수 있을 것이오. 이것은 신성한 4인 회의에서 결정된 일이외다. 루시는 아직 젊으니 머리가 허연 노인과 결혼하라거나 그녀의 선택권을 빼앗거나 하지는 않겠소. 누구보다도 장로 스탠거슨과 드레버에게는 아들이 한 명씩 있소. 그 어느 쪽이든 그대의 딸이라면 기꺼이 받아들일 것이외다. 루시로 하여금 양가 중 하나를 선택하게 하시오. 두 가문의 젊은이 모두 집안 형세가 넉넉하고 신앙심이 깊으니 그대의 답변을 듣고자 하오."

페리어는 잠시 생각에 잠겼다가 간신히 입을 열었다.

"당분간 시간을 줄 수 없겠습니까? 딸아이는 아직 어립니다. 결혼하기에는 이른 나이입니다."

"혼인의 상대를 선택하는 데 한 달의 말미를 주겠소." 영은 자리에서 일어서며 이렇게 못 박았다. "그때까지는 반드시 루시의 짝을 정해야 할 것이오."

영은 선고를 내리듯 말하고 밖으로 나가다가 다시 뒤돌아서 증오가 끓어오르는 눈으로 페리어를 노려보며 말했다.

"존 페리어!" 영이 천둥처럼 외쳤다. "그대가 신성한 4인의 명을 어기느니, 그때 시에라 블랑코에서 해골이 되는 편이 나았을 것이오!"

무시무시한 손짓을 한 그가 돌아선 뒤, 문이 닫히고 마당의 자갈을 밟는 소리가 동상처럼 굳어 있는 페리어의 귓가까지 들려왔다.

페리어는 이 일을 어떻게 딸에게 전해야 좋을지 막막했다. 그는 눈을 지그시 감고 근심에 싸였다. 그때 문득 보드라운 손이 자신의 손등 위에 겹쳐지는 것이 느껴졌다. 눈을 떠 보니 루시가 곁에 와 있었다. 그 창백한 얼굴과 겁먹은 눈만 보고도 루시가 방금 전의 이야기를 다 들었다는 것을 알 수 있었다.

"안 들을 수가 없잖아요." 루시는 아버지의 어깨에 손을 얹으며 말했다. "그분의 목소리는 온 집 안에 울려 퍼질 정도였으니까요. 아아, 아버지. 이 일을 어쩌면 좋지요?"

"두려워하지 마라." 페리어는 루시의 어깨를 껴안으며 크고 거친 손으로 갈색 머리를 쓰다듬었다. "어떻게든 해결을 봐야지. 설마 호프를 사랑하는 네 마음이 이 일로 흔들리는 것은 아니겠지?"

대답 대신 루시는 아버지 손을 꼭 쥐며 흐느껴 울었다.

"됐다, 루시야. 그런 말을 물어본 내가 바보로구나. 호프는 훌륭한 젊은이자 기독교인이지. 이곳 사람들이 아무리 자신의 신앙이 돈독하다고 주장해도 호프에게는 미치지 못할 거다. 내일 네바다 주로 떠나는 사람이 있으니 그 편에 편지를 보내 우리의 절박한 상황을 호프에게 알리도록 하자. 틀림없이 그는 전보보다 빠르게 달려올게다."

루시는 눈물에 젖은 얼굴로 웃었다.

"그이가 돌아오기만 하면 아마도 가장 좋은 방법을 말해줄 거예요. 하지만 아버지가 걱정이에요. 소문으로는 예언자를 거역하면 무서운 일을 당한다잖아요. 항상 그랬어요."

"하지만 지금은 거역한 상태가 아니지." 아버지가 말했다. "배반했을 때의 위험에 대비할 시간적 여유는 아직 있다. 한 달이나 남아 있으니까. 그전에 유타 주를 떠나는 게 좋겠어."

"유타 주를 떠난다고요?"

"사정이 그렇지 않니."

"이 농장은 어떻게 하고요?"

"가능한 한 현금을 챙기고 나머지는 포기해야지. 실은 말이다. 내가 이런 생각을 품은 게 처음이 아니란다. 이곳 사람들이 빌어먹을 선지자에게 무작정 머리를 조아리지만 난 그렇게 하고 싶지 않아. 나는 자유로이 태어난 미국인이라 모르몬교의 교리는 구역질이 나서 참을 수가 없다. 무언가를 새로 배우기엔 너무 늙어서 그런지도 모르지. 하여간 그자가 우리 집에 또 나타나면 사슴 사냥 때 쓰는 총탄으로 고리타분한 그 머리에 바람구멍을 내줄 참이란다."

"하지만 우리가 이곳을 떠나는 것을 가만히 보고만 있지는 않을 텐데요." 딸이 반대했다.

"호프가 올 때까지 기다려보자. 의논해보면 좋은 수가 있겠지. 그때까지는 속을 끓이지 말거라. 울어서 눈이 퉁퉁 부으면 그 녀석이 나를 닦달할 테니. 두려워할 것도 위험할 것도 없어."

존 페리어는 자못 자신이 있는 것처럼 루시를 안심시켰지만, 그날 밤 루시는 아버지가 유난히 문단속을 단단히 하는 모습을 보았다. 페리어는 침실에 걸려 있던 낡은 엽총도 내려 손을 보고 탄환을 장전해두었다.

4
필사의 탈출

모르몬교의 선지자 영을 만난 이튿날 아침, 페리어는 솔트 레이크시티로 갔다. 네바다 산으로 떠나는 친구 편에 제퍼슨 호프에게 보내는 편지를 맡기기 위해서였다. 그 편지에는 위험이 임박했다는 것과 어서 꼭 와주었으면 좋겠다는 말이 적혀 있었다. 편지를 전하자 한결 마음이 놓인 그는 가벼운 마음으로 집에 돌아왔다.

농장에 도착한 페리어는 대문 기둥 양쪽에 말 두 필이 매어 있는 것을 보고 깜짝 놀랐다. 더욱 놀란 것은 두 청년이 거드름을 피우며 거실에 앉아 있는 것을 본 뒤였다. 얼굴이 기름지고 창백한 한 청년이 흔들의자에 앉아 양쪽 발을 난로 위에 올려놓고 빈둥거리고 있었다. 다른 하나는 목이 굵고 천박하며 건방진 인상이었고 양손을 바지 주머니에 찌른 채 창가에 서서 찬송가를 흥얼거리고 있었다. 두 사람은 페리어가 들어오자 형식적인 인사를 던졌고 흔들의자에 앉아 있던 자가 먼저 입을 열었다.

"아마도 저희를 모르실 겁니다." 청년이 말했다. "저 친구는 드레버 장로님의 아들이고 저는 스탠거슨 장로님의 아들입니다. 지난번 사막에서 하나님이 손을 뻗어 당신들을 참된 우리 속으로 인도하신 후 그 사막에서 쭉 함께 여행해왔지요."

"하나님은 뜻하시는 바에 따라 언젠가는 모든 백성을 택하실 겁니다. 하나님이 하시는 일은 느리지만 결과는 극히 분명합니다." 다른 청년이 콧소리로 말했다.

페리어는 차갑게 인사했다. 그들이 어떤 목적으로 찾아왔는지 짐작이 간 것이다.

"저희가 온 것은." 스탠거슨이 말을 이었다. "따님께 약혼을 청하라는 부친들의 말씀 때문입니다. 우리 둘 중 당신과 따님에게도 좋은 쪽으로 선택해서 말입니다. 제 아내는 네 명이고 드레버 형제의 아내는 일곱 명이니 아무래도 제가 유리할 것 같습니다만."

"그럴 리가요! 스탠거슨 형제, 당치도 않은 소리 하지 마시오." 다른 청년이 외쳤다. "문제는 지금 몇 명의 아내를 거느리느냐가 아니라 몇 명까지 부양할 수 있느냐입니다. 저는 일전에 아버지로부터 방앗간을 양도받았기에 제가 더 부자입니다."

"앞으로의 전망은 내가 더 낫지." 다른 청년이 열렬히 말했다. "하나님이 아버지를 천국으로 부르실 때가 오면 아버지의 가죽 공장과 무두질 작업장은 내 것이 된단 말일세. 게다가 나는 자네보다 나이도 많고 교회에서 서열이 더 높지 않은가."

"어쨌거나 누구를 택하느냐는 아가씨에게 달린 일이오." 드레버는 싱글싱글 웃으며 거울에 비친 자기 모습을 바라보고는 빈정거렸다.

둘이 이런 대화를 하는 동안 문간에 서 있던 페리어는 화가 끓어 두 녀석의 등을 말채찍으로 후려갈기고 싶은 마음이 굴뚝같았다.

"이봐." 페리어는 마침내 두 사람 앞으로 성큼성큼 다가갔다. "내 딸이 부르면 그때 오도록 하게. 그전에는 다신 보지 않았으면 하네."

두 모르몬교 청년은 깜짝 놀라 그를 멍하니 바라보았다. 두 사람으로서는 자기들이 다투어 루시에게 구혼하는 것이 페리어나 그의 딸에게 큰 영광일 것으로 생각하고 있었던 것이다.

"이 방에서 나가는 방법은 두 가지가 있다!" 페리어가 버럭 소리를 질렀다. "하나는 이 출입문이고 하나는 저 창문이다. 어디로 나가고 싶으냐?"

페리어가 소매를 걷어붙이고 소나무 가지처럼 굵고 억센 팔을 휘둘러 보이자 두 청년은 놀라서 부리나케 도망을 갔다. 나이 든 농부는 두 청년을 따라 문 밖으로 나왔다.

"이런, 문 쪽으로 결정을 했으면 말을 할 것이지." 페리어가 냉소적으로 말했다.

"이런 짓을 한 대가를 치르게 될 거요!" 스탠거슨이 분노하며 외쳤다. "당신은 선지자와 4인의 위원회의 결정을 무시했소. 죽을 때까지 후회하게 만들어주겠소."

"하나님의 노여움이 어떤 것인가를 알게 될 거요." 드레버도 한마디 거들었다. "주님께서 일어나 당신을 치실 것이오!"

"그렇다면 내가 먼저 쳐주지!" 머리끝까지 화가 난 페리어가 외쳤다. 그때 루시가 페리어의 팔을 붙잡고 늘어지지 않았다면 위층으로 달려가서 총을 가져왔을 것이다. 그사이 두 청년은 허둥지둥 말 위에 올라타 뒤도 돌아보지 않고 달아났다.

"건방진 악당들 같으니라고!" 페리어가 이마의 땀을 닦으며 외쳤다. "루시, 네가 저런 녀석들의 아내가 되느니 오히려 죽어 없어지는 편이 낫겠다."

"저도 그렇게 생각해요, 아버지." 그녀가 당차게 말했다. "하지만 호프가 곧 올 거예요."

"그래, 곧 올게다. 하지만 빠르면 빠를수록 좋겠구나. 놈들이 무슨 짓을 할지 알 수 없으니."

정말이지 호프가 한시라도 빨리 와서 부녀에게 힘이 되어주어야 했다. 이 개척지에 모르몬교도들이 정착한 이래 이처럼 장로들의 권위를 극단적으로 모욕한 예는 없었던 것이다. 사소한 실수도 엄히 처벌을 받는데 이 엄청난 반역의 결과는 어떻겠는가? 페리어는 자신의 지위와 재산이 아무런 소용도 없다는 것을 잘 알고 있었다. 지금까지도 페리어와 마찬가지로 재산과 명성을 가진 사람이 행방불명되고 그 재산이 교회에 몰수된 일이 있었다. 페리어는 용감했지만 은밀하게 다가오는 공포에 몸을 떨었다. 눈에 보이는 위험이라면 정면으로 맞설 수 있겠지만 이런 상태에서는 불안하기만 했다. 딸에게는 이

불안함을 감추고 대수롭지 않은 척했지만 루시는 아버지의 불안한 심리를 꿰뚫어 보고 있었다.

자신의 행동에 대해 조만간 어떤 지시나 경고가 있을 거라 생각한 페리어의 예상은 빗나가지 않았다. 심지어 경고는 뜻밖의 형태로 나타났다. 이튿날 아침, 눈을 뜨자마자 페리어는 깜짝 놀랐다. 그의 가슴 언저리의 이불에 쪽지 한 장이 핀으로 꽂혀 있었다. 그리고 거기에는 다음과 같은 글이 적혀 있었다.

그대가 마음을 고쳐먹어야 할 기한이 29일 남았소. 그 후에는—

문장의 마지막 줄표 부분은 어떤 위협보다도 섬뜩했다. 이런 경고문이 자기도 모르게 자기 방에 놓였다는 것이 매우 당혹스러웠다. 하인들은 모두 별채에서 자고 있었고 문단속도 철저히 해두었기 때문이다. 종이를 구겨버리고 딸에게는 아무 말도 하지 않았지만 간담이 서늘해지는 것을 부인할 수 없었다. 29일이란 분명히 영과 약속한 한 달로부터 하루가 지났다는 것을 의미했다. 이렇게 알 수 없는 힘으로 무장한 은밀한 적을 상대로 어떻게 이길 수 있단 말인가? 핀을 꽂았던 손으로 페리어의 심장도 찌를 수 있었다. 그러면 그는 누구한테 살해되었는지조차 알지 못할 것이다.

이튿날 아침, 페리어는 더욱 공포에 질리고 말았다. 부녀가 아침 식사를 하려고 식탁에 앉으려는 순간 루시가 기겁을 하며 머리 위를 가리켰다. 천장 중앙에 숯으로 28이라는 숫자가 쓰여 있던 것이다. 루시는 그것이 무엇을 뜻하는지 몰랐지만 페리어는 굳이 가르쳐주지 않았다. 그리고 그날 밤은 총을 곁에 두고 밤을 새워 보초를 섰다. 아무것도 보지 못하고 수상한 소리도 듣지 못했는데 아침이 되어 문밖에 나가 보니 대문에는 페인트로 27이란 숫자가 커다랗게 쓰여 있었다.

이렇게 하루하루가 지났다. 날이 밝으면 아침이 오듯, 보이지 않는 적들도 변함없이 밤마다 페리어의 집 안팎을 넘나들며 시간이 얼마나 남았는지를 깨우쳐주었다. 그 저주의 숫자는 벽에도 쓰이고 이따금 작은 판자에 쓰여 정원 출입문이나 울타리에 걸려 있기도 했다. 존 페리어는 밤마다 경계의 눈을 번뜩였으나 그 경고의 숫자를 어떻게 남겨놓는지 알 도리가 없었다. 마침내 페리어는 미신적인 두려움을 품게 되었고, 점점 초췌해졌으며, 눈에는 쫓기는 짐승에게서 볼 수 있는 공포의 빛이 감돌았다. 이제 그가 바라는 것은 한 가지뿐이었다. 네바다 주에서 호프가 한시바삐 달려와 주는 것이었다.

저주의 숫자는 20에서 15로, 15에서 10으로 바뀌었지만 정작 호프에게서는 아무런 연락이 없었다. 숫자는 하나씩 줄어들었지만 여전히 감감무소식이었다. 길에서 말발굽 소리가 나거나 마차가 지나가는 소리만 나도 페리어는 호프가 왔나 해서 문간으로 달려 나가곤 했다. 그러나 5라는 숫자가 4를 거쳐 마침내 3이 되었을 때, 그는 자포자기하고 탈출의 희망을 버리고 말았다. 정착지 주변의 산에 대해 아는 것이 없기에 혼자서는 탈출이 불가능하다는 사실을 그는 잘 알고 있었다. 사람이 다니는 길 어디에나 엄중한 감시가 붙어 위원회의 허가 없이는 아무도 통과할 수 없었다. 페리어는 딸에게 수치스러운 결혼을 시키느니 그대로 죽어버릴 결심마저 하고 있었다.

생각하기만 해도 끔찍한 상상이 머릿속에서 꼬리를 이었다. 그날 아침 그의 집 담벼락에는 숫자 2가 쓰여 있었다. 다음 날이 주어진 마지막 날이었다. 그다음에는 어떻게 될까? 끔찍한 생각만 떠올랐다. 자신이 죽은 후에 루시는 어찌 될 것인가? 어떻게든 두 사람을 둘러싼 눈에 보이지 않는 그물에서 빠져나갈 길은 없는 것일까? 페리어는 탁자에 고개를 묻은 채 흐느껴 울었다.

그런데 이게 무슨 소리지? 쥐죽은 듯한 고요 속에서 갑자기 나직이 두드리는 소리가 들려왔다. 멀리서 들리는 듯 희미한 소리의 출처는 현관문 쪽이었다. 페리어는 발소리를 죽여 살그머니 다가가 귀를 기울였다. 몇 차례 쉬었다가 다시 은밀한 소리가 이어졌다. 누군가 문을 살살 두드리고 있는 것이 분명했다. 비밀 재판에서 살인 명령을 받은 암살자가 사형을 집행하러 온 것일까? 아니면 여유 기간이 하루 남았다는 것을 기록하러 온 것일까? 페리어는 이렇게 겁먹고 살 바에야 차라리 결판을 내고 빨리 죽어버리는 편이 낫겠다고 생각하며 문을 확 열어젖혔다.

바깥은 적막하고 고요했다. 맑게 갠 밤하늘에 별이 빛나고 있었다. 마당에도, 길에도 사람의 그림자는 보이지 않았다. 마음을 가다듬고 주위를 둘러보았다. 그러다 문득 발치를 보니

거기에 한 남자가 납작하게 엎드려 있는 게 아닌가.

그 모습에 너무 놀란 나머지 휘청하며 벽에 기댄 페리어는 소리가 터져 나오려는 입을 간신히 손으로 틀어막았다. 엎드려 있는 이자가 혹시 다쳤거나 죽어가는 사람인가 하는 생각이 들었지만, 그 사람은 소리도 없이 땅 위를 기어 다가왔다. 그러고는 순식간에 문 안으로 들어와 벌떡 일어서더니 커튼 옆으로 몸을 기댔다. 그 날카롭고 결의에 찬 얼굴은 다름 아닌 호프였다. "아니, 이럴 수가!" 페리어는 다시 한 번 놀라며 기쁨에 찬 목소리로 말했다. "깜짝 놀랐잖은가! 왜 그런 모양으로 기어 들어왔나?"

"우선 먹을 것을 좀 주십시오." 호프가 잠긴 목소리로 말했다.

"이틀 밤낮을 아무것도 먹지도 마시지도 못하고 달려오는 길입니다." 호프는 페리어의 저녁 식사 테이블에 남아 있던 고기와 빵을 보자 만사 제쳐놓고 게걸스럽게 먹기 시작했다. 그렇게 얼마간 배를 채우고서 그가 물었다. "루시는 잘 있습니까?"

페리어가 대꾸했다.

"그래, 루시는 위험하다는 것을 모르고 있다네."

"잘하셨습니다. 이 집은 사방에서 감시당하고 있습니다. 그래서 그런 식으로 기어 들어올 수밖에 없었습니다. 놈들의 경비는 물 샐 틈이 없지만, 워쇼 출신의 사냥꾼을 잡을 정도는 못 되지요."

믿음직한 협력자가 생긴 페리어는 딴사람이 된 것처럼 활기를 띠었다. 그는 호프의 짐승처럼 큼직한 손을 잡아 흔들며 말했다.

"자네가 정말 자랑스럽네. 우리의 이 곤경을 함께해줄 사람은 자네밖에 없다네."

"맞는 말씀입니다." 젊은 사냥꾼이 말했다. "어르신을 존경하지만 어르신 혼자 이런 곤경에 빠져 있었다면 이 살얼음판 같은 위험 속에 감히 뛰어들지는 못했을 것입니다. 저는 루시 때문에 이런 용기를 얻은 겁니다. 만일 루시에게 위험이 닥친다면 저는 목숨을 걸고 그녀를 지킬 겁니다."

"그래, 이제부터 어떻게 해야 좋겠나?"

"내일이 마지막 날이니 오늘 밤 안으로 빠져나가지 못하면 끝장입니다. 제가 말 두 마리와 노새 한 마리를 독수리 협곡에 매어두고 왔습니다. 그런데 돈은 얼마나 갖고 계십니까?"

"금화로 2000달러와 지폐로 5달러가 있다네."

"그 정도면 넉넉합니다. 저도 그만 한 액수를 갖고 있으니까요. 우리는 산을 넘어 카슨시티까지 가야 합니다. 어서 루시를 깨워주십시오. 그나마 하인들이 별채를 쓰고 있어 다행입니다."

페리어가 딸에게 가서 떠날 채비를 시키는 동안 호프는 지니고 갈 수 있을 정도의 식료품을 자루에 챙기고 도자기 단지에 물을 채웠다. 산에서 마실 물을 구하기 어렵다는 것을 알고 있었기 때문이다. 호프가 미처 준비를 다 끝내기도 전에 페리어가 루시를 데리고 왔다. 호프는 루시를 세차게 껴안았으나 곧 손을 풀었다. 한시가 급했다.

"어서 출발합시다." 호프가 나직한 소리로 말했다. 그는 자신에게 닥칠 위험이 얼마나 큰 것인지 알면서도 단호하게 대처하려는 것처럼 보였다. "현관으로 나가면 당장 감시자의 눈에 띌 테니 침실 창문을 통해 빠져나가 큰길까지만 나가면, 말을 매어둔 계곡까지는 3킬로미터밖에 떨어져 있지 않습니다. 동이 틀 무렵까지는 산을 절반은 넘어야 합니다."

"만일 들키면 어떡하지?" 페리어가 물었다.

호프가 허리에 찬 리볼버 손잡이를 두드려 보였다. "상대의 수가 많으면 싸우다 죽는 수밖에요." 그가 웃으며 말했다.

집 안의 불을 모두 끈 페리어는 어두워진 창을 통해 들판을 내다보았다. 오늘 밤을 마지막으로 다시는 볼 수 없을, 자신의 피땀으로 이룩한 농장을. 그러나 딸의 행복을 위해서는 재산 같은 건 아무래도 좋았다. 바람에 살랑거리는 나무와 드넓게 펼쳐진 고요한 밀밭은 더할 나위 없이 평화롭고 행복해 보여 곳곳에 살기가 도사리고 있다는 것이 도무지 믿기지 않을 정도였다.

페리어는 금화와 지폐가 든 자루를 챙기고 호프는 식량과 물이 든 배낭을 맸다. 루시는 자신의 귀중품이 든 작은 꾸러미만 챙겨 들었다. 세 사람은 조용히 창을 열고 검은 구름이 달을 가리기를 기다렸다가 한 사람씩 작은 뜰로 나섰다. 그들은 숨을 죽이고 몸을 웅크린 채 뜰을 지나 산울타리 그늘로 몸을 숨겼다. 울타리를 따라 얼마간 나아가자 곧 옥수수 밭으로 이어진 공터가 나왔다. 그 순간, 호프는 부녀를 어둠 속으로 홱 끌어당겼다. 그들은 놀랐지만 쥐 죽은 듯 꼼짝하지 않았다.

호프는 대초원에서 훈련한 덕에 눈과 귀가 살쾡이처럼 날카로워졌던 것이다. 세 사람이 숨을 죽이는 순간 네댓 걸음 떨어진 곳에서 음산한 부엉이의 울음소리가 들려왔다. 그러자 좀 떨어진 곳에서 같은 울음소리가 화답하는 것이었다.

그러더니 오솔길 위에 희미한 사람 그림자가 나타나 다시 한 번 부엉이 울음을 흉내 냈고, 이어 두 번째 그림자가 나타났다.

"내일 자정, 쪽독새가 세 번 울 때다." 상급자인 듯한 첫 번째 남자가 말했다.

"알겠습니다." 다른 남자가 대답했다. "드레버 형제에게 전달할까요?"

"그에게 전하고, 그로 하여금 그 옆의 사람에게도 전달하게 하라. 9대 7!"

"7대 5!" 두 번째 남자가 숫자를 말한 뒤, 두 그림자는 반대 방향으로 걸어갔다. 마지막으로 교환한 숫자는 암구호가 틀림없었다. 두 그림자의 발소리가 멀리 사라지자 호프는 민첩하게 행동을 개시했다. 호프는 부녀를 이끌고 공터를 지나 들판을 가로질렀다. 힘겨워하는 루시를 안고 뛰기도 했다.

"빨리! 빨리!" 호프가 숨넘어가는 소리로 재촉했다. "지금 보초선을 넘고 있는 중입니다. 속히 빠져나가지 않으면 말짱

헛일이 되고 말아요. 서두릅시다!"

큰길에 접어들자 그들은 더욱 걸음을 재촉했다. 한번은 누군가와 마주칠 뻔했으나 밭고랑에 숨어 가까스로 눈을 피했다. 시내로 접어들기 전의 갈림길에서 호프는 부녀를 이끌고 험한 오솔길로 들어섰다. 위를 올려다보니 가파른 두 개의 산봉우리가 앞을 가로막고 있었다. 그 봉우리 사이가 말을 감추어둔 독수리 협곡인 것이다. 호프는 잰걸음으로 큰 바위 사이를 누비고 물이 마른 계곡을 건너기도 했다. 모퉁이를 돌아 바위가 병풍처럼 펼쳐진 곳에 이르자 거기에 충직한 짐승들이 매여 있었다. 루시는 노새를 타고, 늙은 페리어는 돈 자루를 들고 말에 올라탔다. 호프도 나머지 말에 올라탄 뒤 험하고 위험한 산길을 앞장서 출발했다.

험준한 대자연에 익숙하지 않은 사람에게는 결코 쉬운 길이 아니었다. 한쪽으로는 거대하고 거무튀튀한 바위산이 위협하듯 솟아올라 있었는데, 검고 거친 원통형의 현무암 표면이 마치 석화된 괴물의 갈비뼈처럼 공포스러워 보였다. 반대쪽에는 울퉁불퉁한 바위가 어지럽게 널려 있어 앞으로 나아갈 수도 없었다. 그 사이로 길이라고조차 할 수 없는 산길이 나 있었는데, 그나마도 좁아서 일행은 한 줄이 되어 말을 몰아야 했다. 길이 하도 험해서 승마에 익숙한 사람도 힘에 겨울 지경이었다.

하지만 세 사람은 그러한 고난과 위험을 무릅쓰면서도 한 걸음 한 걸음, 무서운 적으로부터 멀어져간다고 생각하니 힘이 솟았다.

그러나 잠시 뒤, 그들은 아직도 모르 몬교도가 쳐놓은 그 물을 벗어나지 못 했다는 사실을 알 게 되었다. 세 사람 이 한 고갯마루를 막 넘으려 할 때 루 시가 놀라서 소리를 지르며 위쪽을 가 리켰다. 산길을 굽어 볼 수 있는 바위 위에 보초 한 명이 서 있었 던 것이다. 하늘 아래 검 은 보초의 실루엣은 더욱

뚜렷하게 느껴졌다. 보초 역시 그들의 인기척을 느끼고는 "정 지! 누구냐?" 하고 군대식 수하를 외쳤다.

"네바다 주로 가는 여행자올시다." 호프가 안장에 끼워두었 던 소총에 손을 대며 말했다.

그러나 보초는 그 대답에 만족할 수 없는 모양인지 총을 겨 눈 채 아래를 보고 물었다.

"누구의 허가를 얻었는가?"

"4인 장로 회의의 허가를 얻었소." 페리어가 대답했다. 그는 모르몬교 경험을 통해 4인 위원회가 최고의 권위를 지니고 있다는 것을 알고 있었다.

"9대 7!" 다시 보초가 외쳤다.

"7대 5!" 제퍼슨 호프가 재빨리 응답했다. 밭에서 엿들은 암구호를 떠올린 것이다.

"통과. 주의 은총이 있기를." 바위 위의 보초가 말했다.

고개를 넘어서자 길은 순탄해져서 말이 속보로 달릴 수 있게 되었다. 뒤돌아보니 아까 그 보초가 총을 지팡이 삼아 서 있는 것이 보였다. 세 사람은 모르몬교도의 마지막 보초선을 돌파한 것이다. 이제 앞날에 충만할 자유를 기대하며 그들은 안도의 한숨을 쉬었다.

5
복수의 정령

세 사람은 밤새도록 구불구불한 길을 지나 바위투성이의 고갯길을 넘었다. 한두 번 길을 잘못 들어서기도 했지만 산을 타는 데 익숙한 호프 덕분에 금세 옳은 길로 돌아올 수 있었다. 날이 밝을 무렵, 거칠고도 경이로운 자연 광경이 눈앞에 펼쳐졌다. 눈 덮인 높은 산봉우리들이 사방으로 이어져 있었다. 그들 양쪽의 가파른 바위 언덕에는 전나무와 소나무가 아슬아슬하게 서 있었는데, 마치 바람만 불어도 와르르 무너져 그들을 덮칠 것만 같았다. 이 두려움을 단지 망상으로 여길 수만은 없었다. 황량한 골짜기 사이사이로 실제로 그렇게 무너져 있는 나무가 많았기 때문이다. 그들이 막 통과한 뒤에도 커다란 바위 하나가 굴러떨어지며 적막한 협곡에 메아리를 울리는 통에 지친 말들이 놀라 날뛸 정도였다.

동쪽 지평선 위로 태양이 천천히 떠오르자 거대한 산봉우리가 붉게 물들기 시작했다. 세 사람은 그 장엄한 경치에 기운을 얻고 더욱 걸음을 재촉했다. 협곡을 타고 내려가는 급류를 만

난 그들은 그곳에 멈추어 말에게 물을 먹이고 서둘러 아침 식사를 했다. 루시와 페리어는 조금 더 쉬고 싶은 눈치였으나 호프가 허락하지 않았다. "지금쯤 우리를 추적하고 있을 겁니다. 얼마나 빨리 도주하느냐가 관건이지요. 일단 카슨시티에 무사히 도착하기만 하면 죽을 때까지 편히 쉴 수 있습니다."

세 사람은 온종일 좁은 협곡의 길을 전진했다. 그리고 저녁이 되었을 무렵, 그들은 적으로부터 약 50킬로미터쯤 벗어났다고 생각했다. 밤이 되자 지붕처럼 돌출한 바위 아래에 자리를 잡았다. 바위가 찬바람을 막아주어 서로 몸을 기대고 체온을 유지하면서 두어 시간 단잠을 잤다. 하지만 동이 트기 무섭게 잠에서 깨어나 다시 길을 나서야 했다. 추격대가 쫓아오는 기미는 느껴지지 않았기에 호프는 드디어 그 무서운 조직의 손에서 벗어난 것이 아닌가 하는 생각이 들었다. 호프는 자신들을 죽이기 위해 적들의 무쇠 같은 팔이 얼마나 멀리 뻗칠 수 있는지, 얼마나 빠르게 다가올 수 있는지 알지 못했다.

탈출한 지 이틀째가 되자 식량이 바닥나기 시작했다. 그러나 산에는 사냥감이 많았기에 호프는 불안해하지 않았다. 전에도 소총으로 생존에 필요한 것을 얻은 적이 많았다. 그는 양지바른 곳에 마른 나뭇가지를 모아 불을 지펴 페리어 부녀가 몸을 녹일 수 있게 해주었다. 이제 해발 1500미터에 올라와 있었기 때문에 몹시 추웠다. 말을 매어둔 호프는 루시에게 잠시 다녀오겠다고 말한 뒤 총을 들고 사냥길에 나섰다. 뒤돌아보니 페리어와 루시가 불 옆에 웅크리고 앉아 있었고, 그 뒤로 말 세 마리가 서 있는 것이 보였다. 그러나 그것도 곧 바위에 가려 보이지 않게 되었다.

협곡에서 다른 협곡으로 3킬로미터 정도 걸었지만 사냥감은 보이지 않았다. 나무껍질에 남아 있는 흔적으로 보아 근처에 곰이 여러 마리 있는 것이 분명했는데도 눈에 띄진 않았다. 두어 시간을 별 성과 없이 돌아다니다가 마침내 단념하고 돌아가려던 찰나, 문득 위를 바라보니 호프를 기쁘게 하는 무언가가 보였다. 100미터가량 떨어진 돌출한 바위 위에 뿔이 큰 짐승 한 쌍이 서 있었다. '큰 뿔'이라 불리는 이 짐승은 아마도 보이지 않는 자기네 무리를 사냥꾼으로부터 지키고 있는 듯했다. 그러나 다행히 반대쪽을 보고 있어서 호프를 알아채지 못했다. 호프는 몸을 낮추어 바위에 총을 올려놓고는 천천히 겨냥한 뒤 방아쇠를 당겼다. 짐승은 펄쩍 뛰어오르더니 절벽에서 아래쪽 골짜기로 굴러떨어지고 말았다.

산양은 너무 커서 지고 갈 수가 없었기에 호프는 뒷다리와 옆구리 쪽 살점의 일부만을 떼어 가지고 돌아가기로 했다. 어느새 해가 지고 있었다. 산양의 고기를 어깨에 멘 호프는 급히 왔던 길로 되돌아가기 시작했다. 그러나 곧 일이 어렵게 꼬였음을 깨달았다. 짐승을 찾는 데 정신이 팔려 길을 잃고 만 것이다. 호프가 있는 골짜기는 여러 갈래의 작은 골짜기로 나뉘고, 그 안에서도 또 나뉘어 있었다. 골짜기의 모양이 서로 너무나도 비슷해 구분이 되지 않았다. 그중 한 골짜기를 따라 2킬로미터 가까이 내려가고 나서야 길을 잘못 들었음을 깨달았고, 다른 골짜기로 들어서 보았지만 결과는 마찬가지였다. 이 계곡, 저 산등성이를 헤매는 동안 어둠이 밀려왔다.

간신히 눈에 익은 골짜기까지 왔을 때는 이미 사방이 캄캄해져 있었다. 그러나 거기까지 와서도 아직 달이 뜨지 않았고, 양쪽의 높은 벼랑으로 인해 어둠이 더욱 짙어져 바른 길을 찾아가는 게 쉽지 않았다. 호프는 사냥하느라 지쳤고 짐도 무거웠지만, 한 발 한 발 내디딜수록 루시와 가까워진다는 생각에 마음을 다잡고 나아갔다. 지금 사냥한 고기는 남은 여행 기간 내내 먹기에 충분한 양이었다.

마침내 그는 처음 출발했던 협곡의 입구에 도달했다. 사냥을 떠난 지 벌써 다섯 시간 가까이 지났으므로 페리어와 루시가 몹시 걱정을 하고 있을 게 분명했다. 호프는 자신이 돌아온 것을 한시바삐 알리기 위해 입에 손을 대고 나팔을 만들어 "야호!" 하고 큰 소리로 외쳤다. 걸음을 멈추고 귀를 기울였으나 아무런 응답이 없었다. 들리는 것은 숨죽인 골짜기에서 골짜기로 메아리쳐 퍼지는 자신의 외침뿐이었다. 다시 한 번 더욱 큰 소리로 외쳐보았으나 남겨진 두 사람의 응답은 없었다. 호프는 말할 수 없는 불길한 느낌에 사로잡혀 귀중한 식량마저 팽개친 채 미친 듯이 달려갔다.

바위 모퉁이를 돌아가자 불을 지폈던 장소가 한눈에 들어왔다. 아직도 한 줄기 연기가 피어오르고 있었으나 쌓여 있는 땔감으로 보아 호프가 떠나고 난 뒤 불을 더 지핀 것 같지는 않았다. 두려움이 확신으로 바뀌자 그의 마음은 다급해졌다. 불씨가 아직 남아 있는 주변에 움직이는 것이라고는 아무것도 없었다. 노인도, 그의 딸도, 말도 모두 자취를 감추고 보이지 않았다. 호프가 자리를 비운 사이에 무서운 재난이 휩쓸고 지나간 것이 분명했다.

호프는 이 엄청난 사태 앞에 정신이 멍해지고 눈앞이 캄캄해져 총에 기대 가까스로 몸을 지탱했다. 한동안은 무엇을 어떻게 해야 할지 막막했다. 그러나 워낙 행동력이 남다른 사람이기에 곧 정신을 가다듬고 불씨를 일으켜 사방을 환하게 밝히고는 주변의 흔적을 살펴보기 시작했다. 땅에는 많은 말의 발자국이 남아 있었다. 말을 탄 무리가 그들을 덮친 게 분명했다. 흔적을 보니 다시 솔트레이크시티로 돌아간 모양이었다. 그렇다면 페리어와 루시를 함께 끌고 간 것일까? 호프가 그랬으리라고 확신하는 순간, 눈에 띄는 무언가를 보고 호프는 심장이 철렁 내려앉았다. 모닥불을 피운 장소로부터 멀지 않은 곳에, 낮에는 볼 수 없던 흙으로 된 작은 봉우리가 생겨난 것이다. 그것은 새로 만들어진 무덤이었다. 가까이 가보니 갈라진 막대기 끝에 종이 한 장이 꽂혀 있었다. 종이에는 다음과 같이 적혀 있었다.

존 페리어
솔트레이크시티에 살다가
1860년 8월 4일 세상을 떠나다

그가 몇 시간 전에 이곳에 두고 떠난 노인은 죽고 비문만 남았다. 호프는 미친 듯이 또 다른 무덤이 있는지 살펴보았으나 두 번째 무덤은 눈에 띄지 않았다. 무서운 추적자들이 루시를 원래의 운명대로 장로 아들의 아내로 삼기 위해 데려간 것이 분명했다. 호프는 그녀가 겪을 일을 알고 있으면서도 어찌 할 도리가 없음을 깨닫고 차라리 페리어 노인과 머리를 나란히 하고 영원한 잠을 자고 싶은 충동마저 느꼈다.

그러나 또다시 그의 뜨거운 영혼이 절망으로부터 솟아난 무력감을 뿌리쳤다. 이제 자신에게 남은 것이 아무것도 없다 해도 증오스러운 적에게 복수할 수는 있었다. 호프에게는 불굴의 인내와 끈기가 있었다. 그뿐 아니라 전에 함께 지내던 인디언들에게 배운 처절한 복수심까지 지니고 있었다. 그는 스러져가는 불가에 서서 이 절망과 슬픔을 어루만지기 위해서는 자신의 손으로 적에게 복수할 수밖에 없다는 것을 새삼 각인했다. 그래서 강한 의지와 꺾일 줄 모르는 젊음의 힘을 이 한 가지 목적에 바치겠다고 결심했다. 호프는 험상궂은 얼굴로 아까 떨군 식량을 찾아들고 와서는 며칠 동안 먹을 만큼의 고기를 불에 구워냈다. 그리고 그것을 잘 싼 뒤에 추격대의 흔적을 따라 왔던 길을 나섰다.

고단한 몸을 이끌고, 발의 통증을 참아내면서 호프는 말을 타고 지나왔던 협곡을 닷새 동안 힘겹게 되돌아갔다. 밤이 되면 바위틈에 웅크리고 두어 시간 눈을 붙였다가 동이 트기 전에 일어나 걸음을 재촉했다. 엿새째 되던 날, 마침내 호프는 그 운수 사나운 도주를 시작한 독수리 협곡에 도착했다. 교도들의 마을이 한눈에 들어오는 곳이었다. 피로에 지친 몸을 소총에 의지한 호프는 저 아래 널려 있는 시내를 보며 분노에 찬 손을 부르르 떨었다. 그런데 문득 자세히 살펴보니 광장 쪽에 깃발이 나부끼고, 어딘지 모르게 잔치 분위기가 느껴졌다. 도대체 무슨 일일까 싶어 생각에 잠겨 있는데 어디선가 말발굽 소리가 들렸다. 말을 탄 한 남자가 자신을 향해 달려오고 있는 것이었다. 가까이서 보니 그는 카우퍼라는 모르몬교도였다. 호프는 전에 그를 몇 번 도와준 일이 있었다. 그래서 그는 루시가 어떻게 되었는지 물어보려고 그를 불러 세워 말했다.

"나 호프요. 기억하고 있소?"

카우퍼는 소스라치게 놀라며 호프의 얼굴을 뚫어지게 바라보았다. 호프는 무덤에서 기어 나온 사람처럼 몰골이 처참한 채 눈만 반짝이고 있었기에, 그 젊음이 싱싱하던 모험가라고는 믿어지지가 않은 모양이었다. 잠시 뒤 결국 호프를 알아본 남자는 경악을 금치 못했다.

"이곳에 나타나다니 정신이 나간 거 아니요?" 카우퍼가 외쳤다. "당신과 이야기하고 있는 것을 누가 보기만 해도 내 목숨이 날아갈 판입니다. 당신은 페리어 부녀의 도망을 도왔다는 죄로 4인 위원회에서 체포령이 내려졌어요."

"나는 놈들의 체포령 따위 겁나지 않소." 호프가 격하게 말했다. "그것보다는 카우퍼, 그 일에 대해 뭔가 알고 있지요? 몇 가지 물어볼 게 있으니 제발 조금만이라도 알려주시오. 우린 친구였잖소. 부탁이오."

"알고 싶은 게 뭐요?" 불안한 듯 카우퍼는 주위를 둘러보고 말했다. "서두르시오. 바위에도 귀가 있고 나무에도 눈이 있으니."

"루시 페리어는 어떻게 되었소?"

"어제 드레버의 아들과 예식을 올렸소. 이봐요, 정신 차리시오! 왜 이러십니까?"

"아, 괜찮습니다." 호프는 간신히 대답하고는 입술까지 파랗게 질려서 털썩 바위에 주저앉았다. "결혼을 했다는 거요?"

"어제 했지요. 그래서 온듀먼트 하우스에 축하의 깃발을 내걸고 있는 겁니다. 드레버의 아들과 스탠거슨의 아들 사이에 어느 쪽이 루시를 차지하느냐로 잠시 옥신각신 말이 있었습니다. 두 사람 모두 추격대에 가담했지만 스탠거슨이 루시의 아버지를 쏴 죽인 공로로 더 유리할 것 같았지요. 하지만 회의를 연 결과 드레버 가문의 권력이 강해서 선지자께서는 그 집안에 루시를 주기로 했어요. 하지만 어제 본 바로는 새색시의 얼굴에는 이미 죽음의 그림자가 드리워져 있더군. 사람이라기보다는 넋을 잃은 유령 같았소. 그럼 이제 떠나는 거요?"

"그렇소." 호프가 일어서며 말했다. 그의 얼굴은 마치 대리석을 깎아 만든 석상처럼 딱딱하게 굳어 있었고, 눈동자만 이글이글 타오르고 있었다.

"어디로 갈 거요?"

"알 것 없소." 그렇게 내뱉은 호프는 총을 고쳐 메고는 골짜기 아래로 내려가 이윽고 야수들이 종종 출몰하는 산속으로 모습을 감추었다. 그러나 그 야수 중에서도 호프보다 사납고 위험한 존재는 없었다.

카우퍼의 예상은 정확히 맞아떨어졌다. 아버지의 처참한 죽음 탓인지, 아니면 저주스러운 남자와의 결혼 탓인지, 가련한 루시는 다시 건강을 회복하지 못하고 급격히 야위더니 한 달을 넘기지 못하고 죽었다. 주정뱅이 남편 드레버는 존 페리어의 재산을 노리고 그녀와 결혼한 터라 루시가 죽은 것을 슬퍼하지도 않았다. 오히려 드레버의 아내들이 루시의 죽음을 애도하며 모르몬교의 관습대로 장례식 전날 밤 시신 곁을 지켰다. 이른 아침, 모두가 루시의 관을 둘러싸고 있을 때였다. 갑자기 문이 열리더니 누더기를 입고 풍상에 시달린 야수 같은 남자가 방 안으로 들어섰다. 남자는 너무 놀라 말문이 막혀버린 여자들을 본 체도 않고, 한때 루시의 순결한 영혼을 담고 있던 희고 고요한 시신으로 성큼성큼 다가갔다. 그리고 허리를 굽혀 그녀의 차가운 이마에 입을 맞추고는, 그 가느다란 손가락에 끼워져 있던 결혼반지를 빼 들었다. "이 더러운 반지를 낀 채 땅에 묻히게 할 수는 없지!" 그렇게 외친 호프는 경보가 울리기 전에 급히 방을 나서서 계단을 뛰어 내려가더니 자취를 감추었다. 워낙 순식간에 벌어진 일이었기에 그녀가 신부였음을 나타내는 금반지가 사라지지 않았다면 사건을 지켜본 여자들은 방금 본 것을 믿지 못할 뿐만 아니라 남들에게 설명할 수도 없었을 것이다.

몇 달 동안 제퍼슨 호프는 산속에 숨어 짐승과 같은 생활을 하면서 호시탐탐 복수의 기회를 노렸다. 도시에는 소문이 떠돌기 시작했다. 이상한 사람이 교외를 떠돌아다니고 외딴 산골짜기에도 종종 나타난다는 소문이었다. 한번은 스탠거슨의 집 창문으로 총탄이 날아 들어와 스탠거슨에게서 한 뼘쯤 떨어진 벽에 박힌 사건이 있었다. 또 언젠가는 드레버가 벼랑 밑을 지나가는데 큰 바위가 굴러떨어졌다. 재빨리 웅크려 간신히 참혹한 죽음으로부터 벗어날 수 있었다. 젊은 두 모르몬교도는 곧 누군가 자신들의 목숨을 노리고 있는 이유를 알아내고 말았다. 그리하여 대규모 수색대를 동원해 자신들의 목숨을 노리는 자를 잡거나 사살하려고 산속을 샅샅이 뒤졌으나 번번이 실패했다. 그 후로부터는 더욱 조심스러워져서 그들은 절대 혼자서나 어두울 때 외출하지 않게 되었고 집에 경비를 세워두었다. 그렇게 몇 달이 지나자 호프가 출몰하는 일은 사라졌고, 호프를 보았다는 소문도 차츰 들리지 않게 되어 그들은 비로소 긴장을 풀 수 있었다. 그들은 세월이 이 문제를 해결해주기만을 바랐다.

그러나 그렇게 되기는커녕 오히려 호프의 복수심은 늘어만 갔다. 강직하고 억센 성격의 호프는 오로지 복수하겠다는 일념으로 가득 차 다른 어떤 감정도 마음속에 들어오는 것을 허락하지 않았다. 무엇보다도 그는 현실적인 사람이었다. 아무리 튼튼한 체력을 가졌다 해도 그렇게 긴장된 삶을 계속 이어갈 수 없다는 사실을 곧 깨달았다. 노숙과 충분하지 못한 영양 섭취로 인해 몸은 점점 쇠약해졌다. 산속에서 개처럼 죽는다면 그의 복수는 누가 대신할 수 있겠는가? 이런 생활을 지속하다가는 죽음을 맞아 적에게 좋은 일을 하게 될 뿐이라는 생각에 호프는 네바다의 옛 광산으로 돌아갔다. 건강을 회복하고 목적을 이루는 데 필요한 돈을 모으기 위해서였다.

예정으로는 1년가량 준비할 생각이었으나 뜻하지 않은 상황이 겹쳐 5년 동안이나 네바다 주를 떠날 수 없었다. 그러나 5년이 지나는 동안에도 원한과 복수심은 존 페리어의 무덤 앞에 서 있던 그때에 비해 조금도 사그라지지 않았다. 마침내 자신의 목숨은 아무래도 좋다는 결심을 군힌 호프는 변장을 하고 이름까지 바꾼 채 솔트레이크시티로 돌아갔다. 그러나 그곳에는 호프에게 반갑지 않은 소식이 기다리고 있었다. 불과 몇 달 전 선민들 사이에 갈등이 벌어져 젊은 교인들이 장로들에게 반기를 들었고, 그 과정에서 불만을 품은 일부가 독립해서 유타를 떠나 이교도가 되었다는 것이다. 그들 중에는 드레버와 스탠거슨도 속해 있었는데 아무도 그들의 행방을 알지 못했다. 다만 소문에 의하면 드레버는 대부분의 재산을 현금으로 바꾸어 부유한 채 떠났으나, 그의 친구인 스탠거슨은 극히 가난한 상태였다고 한다. 하지만 아무리 수소문해도 그들의 거처는 알 수가 없었다.

일이 이렇게 난관에 봉착하게 되면 아무리 집념이 강한 사람이라도 복수를 포기하는 것이 당연했으나 호프는 조금도 낙망하지 않았다. 그는 허드렛일을 해가며 돈을 모아 미국의 도시 곳곳을 찾아다녔다. 해는 자꾸 바뀌어 호프의 머리에도 흰머리가 늘어갔지만 오직 평생을 건 한 가지 목적을 달성하기 위해서 사냥개처럼 적의 흔적을 찾아내려고 돌아다녔다. 그리고 마침내, 그 끈기를 보상받을 수 있는 날이 왔다. 오하이오주 클리블랜드에서 창 너머로 얼핏 보았을 뿐이지만, 그 얼굴이야말로 이제껏 찾아 헤맨 인간들이라는 사실을 단번에 알아챈 것이다. 호프는 세밀하게 복수 계획을 세우며 누추한 하숙집으로 돌아갔다. 그러나 드레버 역시 우연히 창밖을 내다보다가 거리를 떠도는 부랑자 차림의 호프를 알아보았는데, 그

두 눈에 감도는 살기가 섬뜩했다. 드레버는 곧 자신의 비서가 된 스탠거슨을 데리고 치안판사에게 달려가 옛 연적의 질투와 증오 때문에 자기네 목숨이 위태롭다고 호소했다. 그날 밤으로 호프는 구속되었고, 보증인이 없었기에 몇 주 동안이나 유치장에 갇혀 있게 되었다. 후에 석방되고 보니 이미 드레버의 집은 비어 있었지만, 드레버와 스탠거슨이 함께 유럽으로 건너갔다는 것을 알게 되었다.

이렇게 복수의 꿈은 또다시 좌절되었지만, 더욱 증오심에 불탄 호프는 추적을 멈추지 않았다. 그러나 돈이 없었기 때문에 한동안 다시 일을 해야 했다. 여행에 필요한 어느 정도의 목돈이 마련되자 유럽으로 건너간 그는 다시 막노동을 전전했다. 호프는 이 도시부터 저 도시까지 돌아다녔지만 결국 도망자들을 잡지 못했다. 호프가 상트페테르부르크에 도착하면 그들은 이미 파리에 도달해 있었고, 그 뒤를 따라가면 그들은 이미 코펜하겐으로 떠나고 없었다. 호프가 덴마크의 수도에 도착했을 때도 며칠 차이로 런던으로 떠나버린 뒤였다. 그러다가 마침내, 런던에서 그들을 따라잡는 데 성공한 것이다. 런던에서 일어난 일에 대해서는 이 늙은 사냥꾼의 이야기를 직접 듣는 편이 나을 것이다. 그 이야기는 왓슨 선생의 일기에 자세히 기록되어 있다. 우리는 이미 왓슨 선생에게 신세를 진 셈이다.

6

존 H. 왓슨 박사의 계속되는 회상

마부의 격렬한 저항은 분명 사나운 성질 때문은 아니었다. 붙잡히자마자 여유롭게 웃으며, 몸싸움을 하다가 우리가 다치지 않길 바란다는 말을 했으니 말이다. "나를 경찰서에 데려가겠지?" 그가 셜록 홈즈에게 말했다. "밖에 내 마차가 서 있소. 발의 밧줄만 풀어주면 내 발로 걸어 나가겠소. 내가 예전 같지 않아서 나를 들고 가기엔 벅찰 거요."

그레그슨과 레스트레이드는 건방진 소리라고 생각한 듯 서로의 얼굴을 마주 보았으나 홈즈는 그 말을 듣자마자 발목을 자유롭게 풀어주었다. 호프는 일어서서 자신이 자유를 찾았다는 사실을 확인이라도 하려는 듯 두 다리를 이리저리 뻗어보았다. 그 모습을 보며 나는 그렇게 골격이 잘 갖추어진 남자도 드물 것이라고 생각했다. 검게 탄 호프의 얼굴 역시 그 체격과 어울릴 정도로 힘찬 결의에 차 있었다.

"경찰 서장 자리가 비어 있다면 당신이야말로 제격이라는 생각이 드는군." 호프가 탄복하는 표정으로 내 룸메이트를 바라보며 말했다. "나를 추적해낸 솜씨는 정말 일품이었소."

"자, 두 분도 나랑 함께 가시지요." 홈즈가 두 형사에게 말했다.

"내가 마차를 몰겠소." 레스트레이드가 말했다.

"그게 좋겠군. 그레그슨 경위는 나와 함께 안에 타도록 하고. 의사 선생, 자네도 함께 가세나. 자네는 처음부터 이 사건에 흥미를 갖고 있었으니 끝까지 지켜봐야지."

나는 기꺼이 따라가기로 하고 우리는 모두 아래층으로 내려갔다. 포로는 도망치려 하지 않고 순순히 자기 것이었던 마차에 올라탔다. 레스트레이드는 마부석에 앉아 채찍을 휘둘러 순식간에 우리를 목적지로 데리고 갔다. 우리는 작은 방으로 안내되었고, 그곳에서 경위 한 명이 포로와 피살자들의 이름을 적었다. 얼굴이 희고 무표정한 이 경찰은 기계적으로 일을 수행하고 있었다. "용의자는 이번 주 안으로 법정에 서게 될 겁니다." 경위가 말했다. "제퍼슨 호프 씨, 그전에 무언가 해둘 말은 없소? 미리 말해두지만 당신이 하는 말은 모두 기록되고 법정에서 불리한 증거가 될 수도 있습니다."

"할 말이 아주 많이 있소." 호프는 여유롭게 말했다. "여기에 계신 여러분에게 남김없이 들려드리고 싶군요."

"재판 때까지 기다리는 것이 좋지 않겠습니까?" 경위가 물었다.

"나는 법정에 서지 않을 수도 있소이다." 호프가 대답했다.

"놀랄 것 없소. 도망가거나 자살할 생각은 없으니 말이오. 선생이 의사라고 하셨소?" 호프는 그 특유의 날카로운 눈을 나에게 돌렸다.

"그렇습니다." 내가 대답했다.

"그럼 여기를 만져보시지요." 호프가 씩 웃으며 수갑이 채워진 손으로 자신의 가슴을 가리켰다.

그의 말대로 하자마자 나는 심장이 제멋대로 뛰고 있음을 알 수 있었다. 호프의 흉벽은 마치 허술한 건물 내부에서 강력한 엔진이 작동하기라도 하듯 진동하고 있었다. 실내가 조용했기에 나는 그의 심장이 벌처럼 잉잉거리는 소리를 확실히 들을 수 있었다.

"세상에! 대동맥이 엉망이 되어 있소!" 내가 외쳤다.

"그렇다고 하더군요." 호프가 침착하게 말했다. "지난주에 진찰을 받았는데, 가까운 시일 내에 혈관이 터질 거라고 했소. 최근 몇 년 동안 크게 나빠졌다는 것을 느끼고 있었지요. 솔트레이크시티의 뒷산에서 지나치게 오랫동안 노숙을 하며 제대로 먹지 못한 것이 화근이 된 겁니다. 하지만 내 일은 모두 마쳤으니 언제 죽어도 좋습니다만, 적어도 이 사건의 내막은 몽땅 털어놓고 싶군요. 그저 그런 살인자로 간주되는 건 싫으니까."

경위와 두 형사는 용의자에게 이야기할 기회를 주는 것이 옳은지 빠르게 논의했다.

"의사 선생님, 위독한 것이 확실합니까?" 경위가 물었다.

"거의 확실합니다." 내가 대답했다.

"그럼 지금 여기에서 이 용의자의 진술을 반드시 들어야겠군요." 경위가 말했다. "당신에게는 진술을 할 자유가 있지만 경고하건대 당신의 모든 말은 기록될 겁니다."

"허락한다면 자리에 앉고 싶군요." 허락을 구한 호프는 의자에 앉았다. "동맥류 때문에 쉽게 피로를 느낍니다. 더구나 아까의 격투로 현기증마저 나는군요. 하여간 나는 이미 무덤에 발 한쪽을 들여놓은 거나 마찬가지라 결코 거짓은 말하지 않으리라는 것을 알아주시오. 당신들이 내 이야기를 어떻게 이용할 것인가는 내게 중요하지 않소."

그렇게 말하고 나서 제퍼슨 호프는 의자에 몸을 기댄 채 놀랄 만한 진술을 시작했다. 호프는 자신의 이야기가 지극히 평범하다는 투로 차분하게 이야기를 이어나갔다. 다음 이야기는 호프가 말한 그대로라는 것을 보증할 수 있다. 레스트레이드의 속기 노트에 용의자가 말한 내용이 그대로 기록되어 있기 때문이다.

"내가 왜 그 두 인간을 증오했는지는 당신들한테 중요하지 않습니다." 호프가 말했다. "그들이 두 사람, 그 부녀를 살인했고 그 때문에 그들도 목숨을 잃었다는 사실만 아시면 족합니다. 그들이 범죄를 저지른 후 너무나 많은 시간이 지나서 법정에서 유죄판결을 받아내는 것은 불가능했소. 하지만 난 그들이 유죄라는 사실을 잘 알고 있지. 그래서 내가 직접 판사와 배심원, 집행자가 되기로 한 거요. 만약 나와 같은 처지의 사내가 있다면 그러지 않을 수 없었을 거요.

내가 말한 여자는 20년 전에 나와 결혼하기로 약속되어 있었소. 그런데 그 사악한 드레버에게 결혼을 강요당했고, 그 충격으로 인해 목숨을 잃었습니다. 나는 그녀의 시신에서 그 불결한 결혼반지를 빼내어 드레버의 숨이 끊어질 때 그놈에게 반지를 똑똑히 보여주겠다고 맹세했소. 처벌을 받으면서 마지막 순간에 자신의 죄를 톡톡히 깨닫도록 하기 위해서 말이오. 나는 그 반지를 항상 몸에 지니고 다니면서 두 대륙을 추적한 끝에 그자와 공범자를 찾아냈소. 놈들은 내가 지쳐 포기하게 하려 했지만 실패했지. 가능성이 아주 없는 것도 아니지만, 어쨌든 나는 내일 당장 죽는다 해도 이승에서 내가 할 일을 모두 끝냈고, 심지어 아주 잘한 일이란 것을 알고 죽는 셈이오. 놈들을 내 손으로 무덤에 보내버렸으니까. 그러니 나는 이제 안심하고 죽을 수 있소이다.

놈들은 부유했고 나는 가진 게 없었으므로 그들을 뒤쫓는 것은 썩 힘든 일이었습니다. 런던까지 왔을 때는 주머니가 텅 비어 당장 입에 풀칠을 하기 위해서도 일거리를 찾아야 했지. 나는 마차를 몰거나 말을 다루는 일이 그냥 걷는 것만큼 능했기 때문에 마부 사무실에 부탁했더니 바로 써주더군요. 그리고 매주 일정한 금액만 주인에게 내면 나머지는 내 수입이어서 많은 돈은 아니지만 그럭저럭 먹고살 정도는 되었지요. 가장 어려운 것은 지리를 익히는 일이었소. 인간이 만든 미로 중에 런던만큼 복잡한 미로도 없을 테니 말이오. 하지만 지도를 가지고 다니며 주요 호텔과 역을 발견할 때마다 단단히 외워 두었소.

얼마 후 나는 그들이 사는 곳을 알아낼 수 있었소. 끈질기게 찾아 헤매다가 우연히 강 건너 캠버웰의 하숙집에 머물고 있다는 것을 알아냈지요. 일단 발견한 이상 그들은 독 안에 든 쥐였지. 나는 수염을 무성하게 길렀으니 그들이 나를 알아볼 수는 없었을 테고. 그래서 매일 그들의 뒤를 밟으며 기회를 노렸소. 다시는 도망가지 못하게 하려고 말이오.

그런데도 하마터면 놓칠 뻔한 적도 있었소. 그들이 런던 어디를 가든 나는 마차를 몰거나 때로는 걸어서 뒤쫓곤 했는데, 아무래도 마차가 제일 나았지요. 마차라면 거리가 멀리 떨어질 수 없으니 말이오. 그러다 보니 이른 아침과 밤늦게만 돈을 벌 수 있어서 차츰 마차 주인한테 줄 돈이 밀리기 시작했소. 하지만 찾던 놈들을 손에 넣을 수만 있다면 아무래도 좋았습니다.

그런데 놈들은 정말 교활하더군요. 혹시 미행을 당하고 있을지도 모른다고 생각했는지 결코 혼자서는 외출을 하지 않았고, 밤에는 여간해서 나돌아다니려고 하지 않았소. 2주 동안 하루도 거르지 않고 뒤를 쫓았으나 둘은 한 번도 떨어지는 일이 없었지. 드레버라는 놈은 늘 술에 취해 있었으나 스탠거슨은 조금의 빈틈도 없었다오. 아침부터 밤까지 노리고 다녔지만 기회는 여간해서 오지 않았소. 하지만 곧 때가 오리라 믿었기에 조바심은 나지 않았소이다. 다만 한 가지 겁나는 게 있다

면, 이놈의 혈관이 지나치게 일찍 터지는 바람에 복수도 하지
못하고 죽을지도 모른다는 것이었지요.

마침내 어느 날 밤, 나는 놈들의 하숙집이 있는 거리인 토키
테라스를 맴돌다가 마차 한 대가 그 앞에 멎는 것을 보았습니
다. 마부가 안에서 짐을 내와 싣더니 조금 뒤에 드레버와 스탠
거슨이 나타나서 마차를 타고 떠나는 것이었소. 나는 곧 말을
달려 뒤를 밟았지. 아무래도 먼 곳으로 거처를 옮기는 것 같아
은근히 불안했소. 그들이 유스턴 역에서 내리는 것을 보고 나
는 한 사내아이에게 말을 맡긴 뒤 역사 안으로 따라 들어갔소.
리버풀 행 열차가 있느냐고 묻는 소리가 들리더군. 역무원은
열차 한 대가 막 떠났고 다음 열차는 몇 시간 후에나 올 거라
고 대답했소. 스탠거슨은 낙담하는 듯했지만 드레버는 오히려
좋아하더군요. 사람들이 북적거리는 틈을 타서 그들에게 아주
가까이 다가갔기에 나는 두 사람이 하는 대화를 모조리 들을
수 있었소. 드레버는 할 일이 있다며 잠깐만 기다리면 금방 합
류하겠다고 말했고, 스탠거슨은 그 말에 반대하면서 늘 붙어
있기로 결정한 사실을 잊지 말라고 말해주었지. 그런데 드레
버는 워낙 중요한 문제라면서 혼자 가야만 한다고 했소. 스탠
거슨이 그 말에 뭐라고 대꾸했는지 듣지는 못했지만, 드레버
가 욕설을 내뱉으며 유급 하인 주제에 건방지게 대꾸를 한다
고 쏘아붙였지. 그런 반응 앞에 스탠거슨은 설득하기를 멈추
고 타협을 했소. 막차를 놓치면 핼리데이 프라이빗 호텔에서
다시 만나자는 거였지요. 결국 드레버는 11시 전까지 역으로

돌아오겠다고 대답하고 역사를 빠져나갔소.

마침내 그렇게도 기다려왔던 순간이 온 것이오. 어차피 놈들은 내 상대가 되지 않았소. 함께 있으면 서로 지켜줄 수 있지만, 혼자서는 나를 감당할 수 없었지. 서두를 일도 아닌 것이, 나에게는 치밀한 계획이 있었소. 누구한테 당하는지도 모르게 복수하는 것으로는 만족할 수 없었습니다. 서서히 파멸을 당하면서 그것이 다 지난날 저지른 자신들의 죄 때문이라는 것을 알게 하고 싶었소. 며칠 전에 브릭스턴 로드의 집들을 알아보러 들른 한 신사가 내 마차를 탔다가 우연히 열쇠 하나를 떨어뜨리고 간 적이 있었습니다. 물론 열쇠는 바로 그날 저녁에 찾아갔지만, 사실 내가 그사이에 얼른 복사를 해두었다오. 그렇게 아무에게도 방해받지 않을 장소를 이 대도시 속에 마련할 수 있었던 거요. 다만 어떻게 드레버를 그 집으로 끌어들이느냐가 문제로 남아 있었지요.

드레버는 길을 어슬렁거리다가 술집 여기저기에 들렀는데 마지막 집에서는 30분 정도 머물렀습니다. 그때 그의 걸음걸이로 보아 상당히 취한 것을 알 수 있었지요. 때마침 내 앞에 핸섬 마차가 서 있었는데, 그가 그 마차를 부르더군요. 나는 그 마차 뒤를 바짝 붙어서 따라갔소. 워털루 다리를 건너 몇 킬로미터나 되는 거리를 달려갔는데, 무슨 꿍꿍이인지는 모르겠지만 드레버가 하숙하던 토키 테라스로 돌아온 것이었소. 어쨌거나 약 100미터 떨어진 곳에 마차를 세우고 놈을 기다렸지. 드레버가 집으로 들어간 뒤 핸섬 마차는 떠났소. 실례가 되지 않으면 물 한 잔만 부탁합니다. 이야기를 하다 보니 갈증이 나는군요."

내가 물을 따라 건네주자 호프는 단숨에 컵을 비웠다.

"아, 시원하군!" 호프가 말했다. "나는 그곳에서 15분가량을 기다렸소. 그런데 갑자기 집 안에서 다투는 소리가 나더니 현관문이 벌컥 열리면서 두 남자가 뛰어나오는 것이었소. 한 사람은 드레버였고 다른 한 사람은 처음 보는 청년이었소. 청년은 드레버의 멱살을 잡고 나오더니 계단에서 드레버를 밀어내고 도로 중간까지 냅다 팽개치더군. '개만도 못한 놈!' 그가 지팡이로 드레버를 가리키며 이렇게 외쳤지. '감히 정숙한 여인을 모욕하다니!' 청년이 어찌나 맹렬하게 분노하던지, 드레버가 전력을 다해 달아나지 않았다면 아마 흠씬 두들겨 맞았을 겁니다. 길모퉁이까지 달음질친 그놈이 내 마차를 보고 나를 부르더니 얼른 마차에 올라타는 게 아니겠소. '핼리데이 프라이빗 호텔로 갑시다.' 드레버가 이렇게 말했다오.

놈이 마차에 올라타는 순간, 기쁨에 겨운 내 심장이 미친 듯이 뛰기 시작했소. 이러다가 혈관이 파열되지나 않을까 걱정될 정도였지요. 하여간 나는 마차를 몰며 독 안에 든 쥐를 어떻게 처리할 것인가를 궁리해보았소. 물론 으슥한 골목이나 시골길로 끌고 들어가 해치울 수도 있었지. 거의 그렇게 마음먹었을 무렵, 그놈이 모든 문제를 알아서 해결해주더군. 술을 더 마시고 싶었던 모양인지, 화사하게 꾸민 싸구려 술집 앞에 마차를 세우게 하고는 나더러 기다리라고 하며 술집 안으로 들어갔소. 그는 가게 문을 닫을 시간까지 마셔댔고, 밖으로 나왔을 때는 몸도 가누지 못할 정도로 취해 있었소. 나는 회심의 미소를 지었지.

내가 그를 참혹하게 죽일 심산이었다고 짐작하지 마시오. 그랬다면 그건 그저 정의 실현에 지나지 않았을 거요. 나는 결코 그럴 생각이 없었습니다. 나는 오래전에 이미 결심한 바가 있소. 그놈이 원한다면 목숨을 담보로 내기를 하겠다는 거였지. 미국에 머무르는 동안 나는 여러 가지 일을 했는데, 한번은 요크 대학 실험실에서 수위 겸 청소부 노릇을 한 적이 있었소. 어느 날 교수가 독물학 강의를 할 때 남아메리카의 화살 독에서 추출한 알칼로이드라는 것을 학생들에게 설명하더군. 아주 적은 양으로도 사람을 즉사시킬 만큼의 맹독이었지. 나는 실험실에서 독극물이 담긴 병을 발견했고, 사람들이 없는 틈을 타 소량을 챙겼다오. 내겐 약을 제조하는 재주도 있어서 알칼로이드를 물에 잘 녹는 환약으로 만들고, 독성은 없으나 생김새가 거의 흡사한 다른 환약 한 알과 함께 작은 상자에 담았습니다. 언제든 기회만 오면 그들에게 상자를 하나씩 주고 둘 중 하나의 환약을 선택하게 한 뒤, 나는 나머지 한 알을 먹을 생각이었소. 그 방법이라면 손수건으로 총구를 감싸고 총을 쏘는 것보다는 훨씬 조용하지만 치명적이긴 마찬가지니까. 나는 그 뒤로 늘 환약 상자를 몸에 지니고 다녔는데, 마침내 사용할 때가 온 것이오.

12시보다는 1시에 가까운 시각이었고, 거센 비바람이 몰아

치는 춥고 쓸쓸한 밤이었지요. 거리는 음산했으나 내 마음만
은 밝았소이다. 어찌나 기뻤는지 소리를 고래고래 지르고 싶
은 정도였지. 어떤 한 가지에 대한 간절한 염원을 품어본 적이
있다면, 그 염원을 위해 20년이나 기다리고 기다리던 기회가
드디어 눈앞에 오고야 말았다면, 여러분도 아마 내 심정을 이
해할 수 있을 겁니다. 흥분을 가라앉히려 잎담배에 불을 붙여
연기를 내뿜어봤지만 손끝이 떨리고 가슴이 두근거리는 것은
어찌할 수가 없었소. 마차를 몰고 가는 내내 내 머릿속에는 늙
은 존 페리어와 사랑스러운 루시가 어둠 속에서 나를 향해 웃
는 모습이 떠나질 않았습니다. 마치 지금 이 방에서 여러분을
보고 있는 것처럼 생생했지요. 브릭스턴 로드의 집 앞에 마차
를 세울 때까지 두 사람의 모습은 계속해서 내가 몰고 있는 말
양쪽에 남아 있는 듯했소.

거리에는 빗방울 소리뿐, 다른 어떤 소리도 들리지 않았습
니다. 지나가는 사람의 그림자조차 보이지 않았지요. 마차의
창문을 들여다보니 드레버는 잔뜩 취한 채로 곯아떨어져 있었
소. 나는 그의 팔을 흔들어 깨웠지. '자, 내리십시오.' 내가 말했
소.

'알겠소, 마부.' 그가 말했습니다.

놈은 아마 호텔에 도착한 것으로 알고 있었는지, 별말 없이
마차에서 내려 정원으로 나를 따라왔소. 그가 만취한 상태였
기 때문에 나는 그를 부축해서 걸었소. 현관까지 갔을 때 나는
문을 열고 들어가 그를 응접실로 데려갔소. 내 앞에는 계속해

서 그 아버지와 딸이 함께 걷고 있었다오.

'무척 어둡군그래.' 드레버가 발밑을 더듬으며 말했소.

'곧 밝아집니다'라고 말한 나는 양초에 불을 붙여 손에 들었소. '이봐, 이녹 드레버.' 나는 그를 향해 서서 촛불로 내 얼굴을 비추며 물었소. '내가 누구 같은가?'

그자는 잠시 술기운으로 흐리멍덩한 눈으로 나를 바라보다가 갑자기 눈이 휘둥그레지더니 얼굴에서 핏기가 싹 가셨소. 나를 알아본 게지. 드레버는 흙빛이 된 얼굴을 하고서 주춤주춤 뒤로 물러섰고, 이마에서는 진땀이 흐르고, 이는 덜덜 떨렸지. 나는 그 꼴을 보고는 문에 기대어 한바탕 웃음을 터뜨렸다오. 복수라는 것이 이렇게나 통쾌한 것인지 짜릿한 쾌감이 온몸을 뒤흔들었던 거요.

'개 같은 놈!' 내가 말했지요. '솔트레이크시티부터 상트페테르부르크까지 너를 뒤쫓아왔다. 그렇게 나를 골탕 먹이더니 이제야 너의 도피가 끝났군. 우리 둘 중 하나는 내일 아침에 떠오르는 태양을 보지 못할 것이다.' 그렇게 말하자 그는 다시 뒷걸음질을 쳤소. 마치 미친놈이라도 만난 듯한 표정이더군. 사실 그때 나는 미친 듯 흥분한 나머지 정수리의 동맥이 망치질을 하듯 뛰었소. 때마침 코피가 터지지 않았다면 정말 미쳐버렸을지도 모르지.

'어때, 불쌍하게 죽어간 루시 생각이 나나?' 나는 문을 잠그고 열쇠를 놈의 코앞에서 흔들어 보이며 말했소. '좀 늦긴 했지만, 오늘 밤이야말로 네놈에게 천벌이 내려지는 바로 그날이다.' 드레버는 입술을 떨며 무엇인가 말하려다 그만두더군. 용서를 빌고 싶었지만 소용없다는 것을 이미 알고 있는 모양이었소.

'사, 살인자가 될 셈이오?' 그자는 말까지 더듬었습니다.

'살인자라니.' 내가 대답했소. '대체 누가 미친개를 죽이는 걸 보고 살인이라고 한단 말인가? 아버지를 죽이고 그 딸을 억지로 끌고 가 그 저주받고 파렴치한 하렘으로 던져 넣을 때, 넌 내 가여운 여인에게 어떤 자비를 베풀었지?'

'난 그녀의 아버지를 죽이지 않았소!' 드레버가 외쳤지.

'순진한 루시의 마음을 짓밟아 죽인 건 바로 너야!' 나는 날카롭게 외치며 환약이 든 상자를 그자의 눈앞에 바짝 들이댔소. '자, 신에게 우리의 심판을 맡기도록 하지. 네가 원하는 쪽을 집어라! 하나는 사망이고 다른 하나는 생명이다. 네놈이 선택한 나머지를 내가 먹겠다. 이 세상이 정의에 의해서 지배되고 있는지, 아니면 모든 것이 우연인지 어디 한번 시험해보자.'

놈은 겁이 나서 아우성을 치며 살려달라고 애원했지만, 나는 단도를 그자의 목에 들이대고 끝내 환약 중 하나를 먹게 하는 동시에 나도 나머지를 먹었습니다. 그러고는 누가 죽고 누가 살아남는가를 지켜보기 위해 1분가량 말없이 마주 서 있었소. 독약이 장기에 스며들었다는 최초의 신호, 극심한 통증을 가득 담은 그자의 얼굴을 내가 어떻게 잊을 수 있겠소? 나는 회심의 미소를 지으며 놈의 눈앞에 루시의 결혼반지를 들이 댔소이다. 알칼로이드의 효능은 너무도 빨리 나타났기에 찰나의 순간이었지. 드레버는 격렬한 통증으로 얼굴이 일그러지고 비틀거리며 허공을 허우적대더니, 목에서 짜내는 듯한 비명을 지르고는 바닥으로 쓰러졌지. 나는 발로 그를 뒤집은 후 그의 가슴에 손을 대보았소. 아무 움직임도 없었지. 마침내 그가 죽은 거요!

나는 코피를 철철 흘리면서도 그걸 알아차리지조차 못했소. 그러다 문득 그 피로 벽에 글씨를 써야겠다는 생각이 들더군. 왜 그랬는지는 나조차도 알 수 없지만, 아마도 경찰의 수사를 방해하려는 장난이었던 것 같소. 그때 나는 아주 기분이 좋았거든. 문득 뉴욕에서 독일인이 살해된 일이 생각났소이다. 그 시체 위쪽에 '라헤RACHE'라고 쓰여 있었는데 그 때문에 비밀 결사의 소행이 아닌가 하며 신문에서 떠들어대던 일이 말이오. 뉴욕 사람들을 당황시킨 일이라면 당연히 런던 사람도 흥미로워하지 않을까 싶어서 손가락으로 내 피를 찍어 벽에 그 글자를 썼습니다.

그 후 마차가 있는 곳으로 돌아갔는데 주위엔 아무도 없었고, 여전히 싸늘한 한밤중이었소. 나는 마차를 몰고 한참이나 더 가다가 문득 주머니에 손을 넣었는데, 루시의 반지가 없는 게 아니겠소. 그녀의 유품이라고는 그것 하나뿐이었기에 정신이 번쩍 들었지. 드레버의 시신을 만지면서 몸을 숙였을 때 떨어뜨린 것 같아 곧장 마차를 돌렸습니다. 마차를 길옆에 세운 뒤 대담하게 빈집으로 향했지요. 반지를 되찾기 위해서는 위험이라도 무릅쓸 생각이었소. 집에 도착한 나는 때마침 거기서 나오던 경찰과 마주쳤는데, 술주정뱅이로 가장해서 아슬아슬하게 경찰의 의심을 피할 수 있었지.

이녹 드레버는 그렇게 최후를 맞았습니다. 이제 남은 건 스탠거슨에게도 같은 벌을 내려 존 페리어의 한을 풀어주는 일이었소. 그자가 핼리데이 프라이빗 호텔에 묵고 있다는 사실을 알고 있는 터라 온종일 밖에서 기다렸지만 통 나오질 않더군. 아마 드레버가 돌아오지 않아 뭔가 의심하고 있는 모양이었소. 실제로 스탠거슨이라는 놈은 생쥐처럼 눈치가 빨라서 한시라도 방심하는 일이 없었으니까. 하지만 호텔 방에 틀어박혀 있다고 나를 피할 수 있을 거라 생각했다면 오산이오. 나는 놈의 방 위치를 알아냈고 다음 날 새벽 동이 트기 전 호텔 뒷골목으로 가서 사다리를 타고 그자의 방으로 들어갔지. 잠들어 있는 스탠거슨을 깨운 후 이렇게 말했소이다. 아주 오래전에 네가 빼앗은 생명의 대가를 치를 때가 됐다고 말입니다. 드레버의 죽음을 설명해준 뒤 그에게도 동일한 선택권을 주었지. 그런데 그자는 운이 좋으면 살 수도 있을 기회를 버리고 침대에서 뛰어내리더니 내 목을 공격했다오. 나는 순간적으로 그자의 심장을 찌르고 말았지. 물론 그자가 환약을 선택했다고 해도 신이 용납하지 않았을 테니 결과는 마찬가지였겠지만 말이오.

내 이야기가 거의 끝난 모양이오. 이제 몸이 몹시 나른하군 그래. 나는 미국으로 돌아갈 여비를 마련하기 위해 마부 일을 하루 정도 더 해야 했소. 마차 차고에 서 있는 내게 지저분한 차림의 꼬마가 오더니 제퍼슨 호프라는 마부가 있느냐고 묻는 게 아니겠소. 베이커 스트리트 221B번지의 신사가 내 마차를 필요로 한다더군. 나는 아무 생각도 하지 않고 그곳으로 마차를 몰았소. 그 뒤에 내가 아는 것은, 이 젊은이가 순식간에 내 손목에 수갑을 채웠다는 거요. 그토록 날쌘 솜씨는 평생 처음이었소. 이것이 내 이야기의 전부입니다. 당신들은 나를 잔인한 살인자로 생각할지 모르나 나는 스스로를 여러분에 버금가는 정의의 사도라고 여기고 있다오."

호프의 이야기는 실로 흥미로웠고 태도도 인상적이어서 우리는 그저 말없이 앉아 있었다. 범죄에 관한 이야기라면 매일 듣고 보는 형사들마저 호프의 이야기에 상당한 흥미를 느낀 것 같았다. 호프가 말을 마친 뒤에도 한동안 방 안은 조용했다. 속기를 마무리 짓는 레스트레이드의 연필 소리만이 사각사각 들릴 뿐이었다.

"한 가지 알고 싶은 게 있습니다." 마침내 셜록 홈즈가 입을 열었다. "신문 광고를 보고 내 하숙집으로 반지를 받으러 온 사람은 누구였습니까?"

호프는 내 친구를 향해 장난스럽게 윙크를 던지며 말했다. "나에 관한 비밀이라면 얼마든지 이야기할 수 있지만 나를 도와준 사람에게까지 누를 끼치고 싶지는 않소. 하여간 나는 그 신문 광고를 보고 그것이 덫인지 아니면 정말 우연히 누군가가 반지를 주운 것인지 종잡을 수가 없었소. 그러자 그 친구가 자진해서 가보겠다고 하더군. 그 친구가 멋지게 해냈다는 건 아마 당신도 인정할 거요."

"물론입니다." 홈즈가 진심으로 말했다.

"그럼, 여러분." 경위가 진지하게 말했다. "법에 의해 피고인은 목요일에 치안판사 앞에 서게 될 겁니다. 그때 여기 계신 여러분 역시 다시 한 번 나와주시면 고맙겠습니다. 그때까지 피고인은 제가 책임지도록 하죠." 그렇게 말하며 경위가 벨을 누르자 간수 두 명이 제퍼슨 호프를 끌고 갔다. 친구와 나는 경찰서를 나와 베이커 스트리트로 돌아가기 위해 마차를 탔다.

7
결말

우리는 목요일에 출두하기로 되어 있었으나, 정작 당일에 우리의 증언은 이루어지지 않았다. 지극히 높은 재판관이 직접 사건을 맡게 되어 제퍼슨 호프는 정의의 심판이 집행될 하늘 법정으로 소환되었기 때문이다. 체포된 바로 그날 밤 동맥이 파열된 호프는 이튿날 아침 감방 바닥에 쓰러진 채 발견되었다. 그는 과거의 삶이 결코 헛되지 않았고 마땅히 할 일을 제대로 해냈음을 회상하듯 평온한 미소를 머금고 떠났다.

"그레그슨과 레스트레이드의 실망이 꽤 크겠는걸." 이튿날 저녁 잡담을 나누던 중 홈즈가 말했다. "자기들의 공로를 선전할 기회를 잃은 셈이니 말일세."

"난 그 둘이 범인을 잡는 데 어떤 공로를 세운 모습은 보지 못했는데?" 내가 말했다.

"자네가 뭘 했든지 간에 이 세상에서는 그리 중요하지 않지." 내 동료가 씁쓸하게 말했다. "중요한 건 이걸세. 남들로 하여금 자네가 무엇을 했노라고 믿게 하는 것 말이야. 아무려면 어떤가." 그는 잠시 후 더 쾌활한 얼굴이 되어 말을 이었다.

"여하튼 난 무슨 일이 있어도 앞으로 수사할 기회를 놓치지 않을 생각이네. 이번 사건은 내가 아는 것 중 가장 흥미로웠지. 단순하긴 했지만 배울 점도 많았고 말이야."

"단순했다니!" 나도 모르게 소리를 질렀다.

"더 말할 것도 없는 사실이지." 놀라는 나를 향해 홈즈가 씩 웃으며 말했다. "크게 수고한 일 없이 그저 몇 가지 추리만으로 사흘 안에 범인을 체포했다는 사실이야말로 이 사건이 단순하다는 증거지."

"사실이군." 내가 말했다.

"앞서 말한 것처럼 평범하지 않은 요소는 방해물이 아니라 오히려 사건을 해결하는 열쇠가 된다네. 이러한 사건을 풀 때 가장 중요한 것은 역추리를 하는 거야. 굉장히 간단하면서도 아주 유용한 방법인데도 사람들은 통 훈련을 하지 않지. 보통의 사건에는 순행 추리가 더 편리하기 때문에 역추리를 소홀히 여기는 걸세. 만약 쉰 명이 종합 추리를 할 수 있다면, 그중 분석 추리가 가능한 사람은 단 한 명뿐이지."

"솔직히 말하자면." 내가 말했다. "자네의 논리는 도통 따라잡을 수가 없네."

"이미 예상했네. 어디 보자, 어떻게 이야기해야 명확할까? 대부분의 사람은 어떤 사건에 관해 이야기를 들으면 그 결과를 예측할 수 있게 되지. 사건을 종합하면 앞으로 어떤 일이 일어날지 추리해볼 수 있으니까. 하지만 결과만 듣고서 그 결과에 이르기까지 과연 어떤 단계가 있었는지를 거꾸로 추리하는 사람은 드물다네. 이것이야말로 내가 말하고자 하는 역추리, 곧 분석적 추리라는 거야."

"이제 좀 이해가 되는군." 내가 말했다.

"이번 경우 역시 이미 나와 있는 결과를 통해 나머지 전체를 알아내야 하는 사건이었어. 내가 어떤 과정을 거쳐 추리했는지 알려주지. 처음부터 이야기하자면, 자네도 알다시피 나는 그 집에 갈 때 걸어서 갔네. 그 어떤 선입견도 없이 말이야. 즉 수사는 도로에서부터 시작된 것이라네. 거기에는 마차 바퀴가 뚜렷이 남아 있었지. 자국이 선명한 것으로 보아 밤중에 생긴 것이 분명했고, 바퀴 사이 간격이 좁은 것으로 보아 개인 소유가 아니라는 사실도 알 수 있었지. 런던 시내의 사륜마차는 개인의 브루엄 마차(상자형 객석이 달려 있는 고급 사륜마차—옮긴이)보다 유난히 폭이 좁거든.

그것이 최초의 단서였네. 다음엔 천천히 정원 길을 걸었네. 다행히 발자국이 잘 생기는 흙길이더군. 물론 자네 눈에는 마구 짓밟힌 진흙길로 보였겠지만, 잘 훈련된 내 눈을 통하면 발자국 하나하나에 담긴 의미가 보이지. 수사 과학에서 발자국 추적의 기술만큼 중요하면서도 홀대당하는 분야는 없어. 다행히 나는 그 중요성을 잘 알고 있기에 그것이 제2의 본성이 될 만큼 많은 훈련을 해왔지. 나는 무겁게 찍힌 경찰의 발자국과, 그보다 먼저 그곳을 지나간 두 남자의 발자국을 발견했네. 그 자국이 가장 먼저 찍혔다는 것을 알아내는 건 일도 아니었어.

그들의 발자국이 곳곳의 다른 발자국에 의해 뭉개져 있었으니까. 이렇게 해서 두 번째 열쇠를 찾았네. 즉 밤사이에 빈집에 들른 것은 두 사람인데, 보폭을 보아하니 한 명은 키가 크고, 다른 한 명은 구두 발자국이 작고 우아한 것으로 보아 유행에 민감한 자였지.

집에 들어가자마자 내 추리가 옳다는 사실을 알 수 있었네. 근사한 구두를 신은 남자가 그곳에 쓰러져 있었기 때문이지. 만일 이것이 살인 사건이라면, 범인은 키가 큰 남자라는 뜻이야. 시신을 보니 상처는 없었지만 두려움에 질려 있는 얼굴로 보아 자기에게 닥친 운명을 알고 죽은 것이 분명했네. 심장 질환이나 자연적인 원인으로 급사한 시신에게서는 그처럼 겁먹은 표정이 나타나지 않거든. 그래서 시체의 입 냄새를 맡아보니 희미하지만 시큼한 냄새가 나더군. 때문에 나는 그가 억지로 독을 먹고 죽었다는 결론을 내렸네. 얼굴에 떠오른 증오와 공포의 그림자를 보고 억지로 이루어진 일이라는 것도 추리할 수가 있었네. 그러한 결론을 내리기까지는 배제의 이론을 따랐지. 다른 어떤 가정을 해도 상황에 맞지 않았으니 말일세. 있을 수 없는 범죄라는 생각은 말게나. 독을 억지로 먹이는 범죄는 그리 새로운 사건이 아니라네. 독극물에 저명한 학자라면 아마 곧장 오데사의 돌스키 사건이나 몽펠리에의 르튀리에 사건을 떠올릴 수 있을 테지.

자, 이제 문제는 살해 동기야. 빼앗긴 게 없는 걸로 보아 강도는 아니었지. 그렇다면 정치적인 암살인가, 아니면 여성 관계에 의한 원한인가 하는 문제에 직면하게 되지. 나는 처음부터 전자보다는 후자로 보았네. 정치범들은 가능한 한 신속히 일을 해치우고 현장을 떠나는 것이 보통일세. 그런데 이번 살인은 그 반대로 아주 신중하게 이루어졌고 방 안에는 범인의 발자국이 가득했지. 그만큼 방에 오래 머물렀다는 뜻이야. 이처럼 철저한 복수 사건은 정치적이라기보다는 개인적인 원한 관계라는 것이 상례일세. 더구나 벽에 쓴 글씨가 발견되고부터 내 생각은 더욱 확고해졌지. 벽의 글씨가 수사를 혼란시키려는 장난이라는 게 훤히 들여다보였거든. 그러다가 반지가 발견되자 문제는 바로 해결됐어. 살인자가 반지를 이용해서 피살자를 죽였거나, 피살자로 하여금 현장에 없는 여인을 생각나게 했을 것으로 판단했지. 그래서 그레그슨에게 질문을 한 거야. 클리블랜드에 전보를 칠 때 드레버에 관해 중요해 보이는 사실에 대해 물어보았느냐고 말이야. 자네도 기억하다시피 그레그슨은 묻지 않았다고 했네.

그러고 나서 나는 방 안을 꼼꼼히 조사했고 범인의 키에 대한 내 판단이 옳다는 것을 확인할 수 있었네. 그 밖에 트리치노폴리 시가와 범인의 손톱 길이에 대한 정보도 얻었지. 격투를 벌인 흔적이 없는 것으로 보아 바닥의 피는 범인이 흥분한 나머지 흘린 코피라 이미 예상하고 있었고 말이야. 게다가 핏자국은 범인의 발자국 위치와도 일치했네. 흥분을 했다고 코피를 흘리는 건 주로 다혈질에게서 나타나는 증상이니, 범인은 아마 얼굴색이 붉고 건장할 것이라 예상했는데 그 역시 옳왔지.

나는 범행 현장을 빠져나온 뒤 그레그슨이 놓쳐버린 일을 했다네. 미국 클리블랜드의 경찰 서장에게 전보를 쳐서 이녹 드레버의 결혼 상태를 물었네. 이에 아주 중요한 답신이 왔는데, 드레버는 제퍼슨 호프라는 옛 연적으로부터 신변 보호를 요청한 적이 있고 호프라는 사람이 현재 유럽에 있다는 내용이었어. 결정적인 단서를 찾아냈으니 이제 범인만 체포하면 모든 일은 끝나는 거지.

나는 드레버와 함께 그 집에 들어간 사람이 마차를 몰고 간 남자라고 이미 생각하고 있었네. 길에 말이 제멋대로 걸어다닌 자국이 있다는 건 마부가 곁에 없었다는 뜻이야. 마부가 들어갈 곳은 그 집뿐이었고 말이야. 당장 신고당할 바보가 아니고서야 눈에 띌 만한 곳에서 계획적인 범행을 저지를 리가 없지. 그리고 끝으로, 누군가를 찾아 런던 구석구석을 누벼야 한다고 할 때 마부보다 더 좋은 직업은 없었을 거야. 이러한 점들을 종합해볼 때, 나는 제퍼슨 호프가 런던에서 전세 마차의 마부로 일하고 있으리라는 확신을 얻었지.

어쨌거나 호프가 범행 당시 마부였다면 쉽게 마부 일을 그만두지는 않을 것으로 생각했네. 갑자기 일을 그만두면 사람들의 의심을 살 수도 있으니 당분간은 계속 일을 하겠지. 자신의 본명을 아는 사람이 없는 이 나라에서 굳이 가명을 쓸 이유도 없었겠지. 그래서 나는 거리의 꼬마들을 동원해서 런던 시내 여러 마차 차고를 뒤지게 했고, 자네가 기억하는 것처럼 나는 그 성과를 재빨리 활용할 수 있었네. 호프가 스탠거슨을 죽인 것은 뜻밖이었으나 예상을 했어도 막을 순 없었을 거야. 자네도 알다시피 나는 이미 독살을 의심하고 있었는데, 스탠거슨 사건을 통해 그 독약을 찾게 되었지. 이것으로 내 모든 추리는 한 치의 오차도 없는 완벽한 이야기를 만들어냈다네."

"훌륭하네!" 나는 넋을 잃고 외쳤다. "자네의 그 공로는 세상에 알려져야 마땅해. 부디 이번 사건의 전말을 지면에 발표하게나. 자네가 그럴 생각이 없다면 내가 대신하겠네."

"좋을 대로 하게나." 홈즈가 대답했다. "아, 이런!" 그가 신문을 건네며 말을 이었다. "우선 이것부터 읽어보게."

그날 자 신문 〈에코〉였다. 홈즈가 가리킨 기사는 이번 사건을 다룬 것이었는데, 내용은 다음과 같았다.

이녹 드레버 씨와 조지프 스탠거슨 씨 살해 사건의 용의자인 제퍼슨 호프 씨가 갑자기 사망함으로써 이번 사건에 대한 대중의 뜨겁던 관심은 사그라졌다. 이로 인해 사건의 구체적인 전말은 영원한 수수께끼로 남을 것이나 본지는 정확한 소식통을 통해 정보를 입수할 수 있었다. 이번 사건에는 치정과 모르몬교에 얽힌 오래된 원한이 숨어 있었는데, 피살자는 모두 젊은 시절 모르몬교도였던 것으로 보이며 사망한 용의자 호프역시 솔트레이크시티 출신으로 밝혀졌다. 특별한 파급 효과가 없어 보이는 이번 사건으로 인해 우리 경찰의 수사력이 뛰어나다는 점이 확연히 증명되었다. 또한 모든 외국인들에게도

원한이 있다면 영국이 아닌 자국에서 해결하는 것이 낫다는 교훈을 주고 있다. 사건의 범인을 신속하게 체포할 수 있었던 것은 런던 경찰국의 유명 형사인 그레그슨 씨와 레스트레이드 씨의 공로임은 이미 모두가 알고 있는 사실이다. 범인은 아마추어 탐정인 셜록 홈즈라는 인물의 집에서 체포되었는데, 홈즈 씨 역시 수사에 재능이 있는 사람으로서 두 형사의 지도 아래 그들의 수사력을 이어갈 것으로 예상되고 있다. 이 사건으로 공로를 인정받은 두 형사는 표창을 받을 예정이다.

"내가 뭐라고 했나?" 셜록 홈즈가 웃으며 말했다. "우리 주홍색 연구의 결과는 바로 남들이 표창받게 하는 것이라네!"

"신경쓰지 말게." 내가 대꾸했다. "내가 이 사건의 처음부터 끝까지 하나하나 일기에 적어두었으니 언제든 세상에 발표할 걸세. 그때까지 자네는 보물을 꽁꽁 숨겨두고 그저 성공했음을 음미하는 로마의 구두쇠처럼 만족하게나("사람들이 비난할지라도 나는 집에서 스스로에게 박수를 보내네. 금고 속의 보화를 애틋하게 바라보며." 호라티우스의 《풍자시》를 인용—옮긴이)."